ISMAEL
Ben Kaïzar,

OU LA DÉCOUVERTE

DU NOUVEAU MONDE,

ROMAN HISTORIQUE,

Par M. Ferdinand Denis,

AUTEUR DES

SCÈNES DE LA NATURE DES TROPIQUES

ET DE LEUR INFLUENCE SUR LA POÉSIE , ETC., ETC.,

D'ANDRÉ LE VOYAGEUR,

ET DU RÉSUMÉ

DE L'HISTOIRE LITTÉRAIRE DU PORTUGAL ET DU BRÉSIL,

ETC., ETC.

TOME DEUXIÈME.

PARIS,

CHARLES GOSSELIN, LIBRAIRE

DE SON ALTESSE ROYALE MONSEIGNEUR LE DUC DE BORDEAUX,

RUE SAINT-GERMAIN-DES-PRÉS, N° 9.

M DCCC XXIX.

DE L'IMPRIMERIE DE LACHEVARDIERE.

ISMAEL
BEN KAÏZAR.

IMPRIMERIE DE LACHEVARDIERE,

RUE DU COLOMBIER, N° 30.

ISMAEL BEN KAÏZAR,

OU LA DÉCOUVERTE

DU

NOUVEAU MONDE.

ROMAN HISTORIQUE,

Par Ferdinand Denis.

Muy rebuelta esta Granada
En armas y fuego ardiendo.
ROMANCERO GENERAL.

Ainsi a dit l'Eternel, qui a dressé un chemin
dans la mer et un sentier parmi les eaux
impétueuses. ESAÏE.

Quoiqu'ils soient depuis long-temps au milieu
de nous, ils conservent l'idée que je suis
descendu des Cieux, et ils le publient partout
où nous abordons. CHRISTOPHE COLOMB.

TOME DEUXIÈME.

Paris,

CHARLES GOSSELIN, LIBRAIRE

DE SON ALTESSE ROYALE MONSEIGNEUR LE DUC DE BORDEAUX,
RUE SAINT-GERMAIN-DES-PRÉS, N° 9.
M DCCC XXIX.

ISMAEL BEN KAÏZAR.

CHAPITRE PREMIER.

Les Canaries.

Dans le voisinage de l'Afrique, on voit sortir de l'océan Atlantique un groupe d'îles tour à tour imposantes et gracieuses. La nature les a semées de fleurs et de rochers. On y trouve d'affreux volcans et de paisibles vallées. Avec leurs orangers en fleurs, leurs dragoniers immenses, leurs vignes, leurs palmiers et leur grand pic, les Canaries semblent s'élever de la mer comme les bornes d'un monde.

Dans ce coin de terre chanté par les

poëtes, mais dédaigné des aventuriers
parcequ'il ne produisait pas d'or, la vie
des Espagnols s'écoulait, au quinzième
siècle, dans une douce mollesse. Ils ache-
vaient de vaincre les habitans, ces nobles
Guanches que leurs malheurs ont rendus
si célèbres.

Au milieu des montagnes les plus imposantes, sous le ciel le plus pur, envi-
ronnés de la nature la plus riche, ils sen-
taient bien qu'ils étaient dans les Iles
Fortunées, mais ils ne faisaient rien pour
fixer le bonheur. Dès ce temps-là, Madère et Ténériffe envoyaient bien à l'Europe leurs vins précieux et le sucre qu'on
ne tirait auparavant que des contrées orien-
tales, mais c'était en si petite quantité, que
les richesses des habitans ne pouvaient
guère s'en accroître.

Tous les chefs des Guanches, soumis
vingt ans auparavant, expiaient dans la
captivité leur amour d'indépendance. Leurs

sujets mouraient de chagrin , ou ils aban-
donnaient le culte des anciens dieux ,
pour se mêler aux conquérans.

S'ils préféraient leur religion à une vie
paisible , ils s'enfuyaient dans les montagnes et se réfugiaient dans de sombres
cavernes , où les momies symétrique-
ment rangées de leurs ancêtres devenaient
l'objet d'une sorte de culte mystérieux.
Ils pouvaient ainsi conserver une partie
de leurs usages : on les voyait conduire
leurs chèvres sur les pics les plus élevés et
dans les grottes solitaires. Ils oignaient
quelquefois encore leurs membres agiles
du beurre consacré, selon les anciens rites.

Étaient-ils poursuivis dans ces retraites,
qu'on eût pu regarder comme inaccessibles
si le fanatisme ne savait pas surmonter
tous les obstacles aussi bien que l'homme
amoureux de l'indépendance; les Guanches
échappaient aux Espagnols par un strata-
gème en usage chez leurs ancêtres , qui

leur avaient au moins légué leur surpre-
nante agilité. Munis d'une longue gaule
faite du bois le plus flexible et le plus dur,
ils s'élançaient de piton en piton, en fran-
chissant des abîmes effrayans : le pic le
plus raide ne pouvait les arrêter ; ils s'a-
bandonnaient avec résolution dans les airs,
jusqu'à ce que leur bâton trouvât un point
d'appui d'où ils pussent s'élancer encore ;
mais leurs cruels tyrans, armés d'arquebuses, les guettaient d'un œil féroce dans ce
voyage aérien, et les atteignaient souvent
d'une balle. Le coup de l'arme terrible,
roulant de montagne en montagne, annonçait un nouveau crime aux autres
Guanches ;... les cris de la victime, clouée
dans sa chute sur quelque pic, duraient
plus long-temps encore, et les conviaient
inutilement à la vengeance : ils avaient été
braves, ils n'étaient plus que désespérés.
Ils demandaient au Ciel la force de résister:
Dieu les sauvait de la fureur des Espagnols

en les appelant à lui. Quelquefois, pour obtenir la clémence céleste, ils employaient les moyens les plus touchans : comme s'ils avaient pensé qu'ils n'étaient plus dignes d'exciter la compassion de Dieu, ils conduisaient leurs chèvres sur le sommet des montagnes, au milieu des débris des volcans, et là ils croyaient que le bêlement plaintif de ces animaux montait vers le Ciel, et savait, mieux que les cris des hommes corrompus, toucher la Divinité.

Voilà quelle était la vie des guerriers ; mais les femmes ne pouvaient pas toujours les suivre dans les gorges sourcilleuses du Teyde ; quelques unes d'entre elles restaient dans les fraîches campagnes : là, à l'ombrage de l'immense dragonier, qui ne croît qu'avec la succession des siècles dans les petites vallées entourées de collines, elles formaient des danses gracieuses au son du tambour de basque, pour séduire les conquérans ; leurs sifflemens réunis formaient une harmonie plaintive et légère ; puis, si elles venaient à se rappeler les infortunes de leurs frères des montagnes, elles disaient en chœur de longues élégies qui faisaient même pleurer les Espagnols ; elles attendrissaient les vainqueurs en les charmant ; mais bientôt ceux-ci s'élançaient de nouveau dans les montagnes, faisaient des esclaves, ou se couchaient sur les rives fleuries qu'ils dédaignaient de fertiliser.

Un jour ces indolens conquérans des Iles Fortunées virent du sommet de leurs collines trois caravelles richement pavoisées qui se dirigeaient vers le port Sainte-Marie ; ils craignirent d'abord que ce ne fût une expédition envoyée par le Portugal pour renouveler d'anciennes prétentions, eux qui ne recevaient de l'Europe que quelques faibles bâtimens marchands ; mais ils reconnurent avec étonnement les couleurs espagnoles flottant au haut des mâts. Les armoiries de Castille et de Leon furent déployées au bruit sourd du canon, qui retentit dans les montagnes. Les Guanches se retirèrent en tremblant au fond des cavernes, les Espagnols s'élancèrent sur le rivage au-devant de leurs compatriotes.

Et de ces rivages, une parole fut entendue, plus forte que la parole humaine quand le porte-voix ne la lance pas dans les airs en la prolongeant dans l'espace :

— D'où... venez-vous ?...

— De Palos... de Moguer... Et un silence laissa la voix arriver jusqu'à terre, où elle s'affaiblit comme un bruit d'écho.

— Où allez-vous ?...

— A Zipangu... la Dorée...

— Votre Amiral ?...

— Don... Christoval... Colon !...

Et ce grand nom fut jeté dans l'espace comme un adieu à l'Ancien Monde.

CHAPITRE II.

Le séjour aux Canaries.

On vient de voir que les désirs de Christophe Colomb étaient enfin accomplis, en dépit des obstacles que mettaient à ses projets quelques hommes jaloux de la dignité dont la Reine venait de le revêtir : il était venu à bout de réunir ses trois petits navires, et quelques hommes dont les noms nous sont parvenus. Obligé de fournir une partie des fonds indispensables pour une expédition semblable, et de rassembler presque de force, à Palos, les matelots qui ne voulaient pas obéir aux ordres des deux Rois, il avait encore éprouvé les effets de cette bonté active qui distinguait le père Marchena; c'était par son entremise que deux hommes qu'on regardait alors comme les navigateurs les plus entreprenans et les plus habiles de l'Espagne, s'étaient chargés du commandement des bâtimens qui devaient accompagner le navire amiral. Martin Alonzo Pinzon et Vicente Yañez, son frère, étaient deux marins audacieux et accoutumés à la mer, tels qu'il les fallait pour une telle entreprise; mais Alonzo avait un caractère âpre et ardent que ne pouvait pas toujours soumettre l'inflexible volonté de l'Amiral; plus tard il devint coupable à force d'envie, comme il était devenu célèbre à force de courage.

Il ne faut pas penser que les trois caravelles qui transportèrent Colomb dans le Nouveau Monde eussent beaucoup de ressemblance avec ces frégates élégantes qui, au sifflement prolongé d'un maître d'équipage, déploient leurs voiles comme par enchantement, et fendent rapidement les flots, comme les goélans qui les suivent fendent l'air en se jouant. Ces navires, lourds, mal construits, et dont les gravures d'antiques relations nous donnent une idée assez exacte, ces navires n'avaient ordinairement que deux mâts; une grande dunette régnait sur l'arrière, et gênait singulièrement la manœuvre; l'on avançait bien lentement, quand on avançait; aussi y avait-il un tout autre courage à affronter les tempêtes sur de tels bâtimens, jusqu'à Madère, qu'à entreprendre de nos jours une promenade jusqu'au Bengale sur un navire de la Compagnie des Indes; on appelait ces navires du nom de *caravelles;* un seul, parmi ceux de l'expédition, était ponté.

Colomb avait arboré son pavillon sur la *Santa-Maria;* Alonzo Pinzon commandait la *Pinta;* la *Nina* marchait sous les ordres de Vicente Yanez. Le vendredi

3 août 1492, à huit heures, les trois petits navires étaient partis de la barre de Saltes pour les états du grand Khan; six jours après la flottille était mouillée devant l'île Gomera, l'une des Canaries.

Grâces au vent favorable, le trajet, comme on voit, avait été exécuté avec une rapidité remarquable. Aucun murmure ne s'était fait entendre : on ne savait encore vers quelle terre les navires se dirigeaient.

Cette flottille, du reste, si l'on en excepte ceux qui la commandaient et quelques hommes choisis par Colomb lui-même; cette flottille aventureuse n'était pas montée par des matelots bien disposés à ce que son voyage eût une heureuse issue; on pourrait dire, au contraire, que c'était un bizarre mélange d'hommes de courage et de gens sans aveu, embarqués presque tous par force et contraints en dépit d'eux d'aller se couvrir de gloire chez le Roi de Zipangu.

Parmi ces hommes ignorans ou sans
courage, on en voyait quelques uns de
remarquables par leur énergie ; mais ceux-
là s'étaient embarqués de leur propre volonté ; et , sans doute dans le désir de
s'associer à une grande découverte , on re-
trouvait déjà l'élan d'une âme fortement
trempée : c'était un Diego de Arana, ma-
gistrat navigateur, allant dans le Nouveau
Monde pour maintenir la paix au milieu
d'hommes sans frein; un Bartholomeo Rol-
dan, qui plus tard devait ensanglanter le
Nouveau Monde, en déployant toujours un
grand caractère ; un Alonzo Nino, un San-
cho Ruiz, pilotes habiles, qui eussent acquis
une renommée plus grande si Colomb
et les frères Pinzon, si ardens et si intrépides, n'eussent réservé pour eux toute
la gloire ; c'était un Las Casas, célèbre
par les vertus de son fils , et d'autres encore dont les noms nous ont été récem-
ment révélés , comme pour demander au

dix-neuvième siècle une gloire ignorée
depuis trois cents ans.

Et parmi tous ces hommes passagers du
grand voyage, se trouvait un jeune Maure
que nous avons déjà vu en d'autres temps
suivant les caravanes de l'Orient, admi-
rant les grandeurs de Gênes la Superbe,
combattant en Chevalier dans les plaines
de Grenade, cette fois se rendant à la cour
du grand Kan de Tartarie, parceque tout
honneur était perdu pour sa nation, et
qu'il avait entendu répéter maintes romances où il était dit qu'une jeune Chré-
tienne de la cour d'Isabelle célèbrerait bientôt dans l'Alhambra son mariage avec
un jeune Chevalier qu'il avait vaincu. Le
dédain des soldats et des Dames, c'était
trop pour un cœur de Maure : l'Europe
lui était devenue haïssable, et il avait pris
la résolution d'aller aussi loin que le pourrait porter la mer, pensant qu'un long
voyage lui donnerait rapidement ce que

le temps donne quelquefois avec lenteur, la mort ou l'oubli.

Et comme il avait voyagé aux terres de l'Orient, qu'il connaissait les langues parlées par les peuples les plus reculés, si l'on découvrait cette terre de Zipangu si désirée, il devait porter la parole, au nom des deux Rois, à ce Roi dont on cherchait l'empire. N'ayant plus de patrie; il n'avait plus de haine pour les Chrétiens; il ne lui restait parmi eux qu'un lent découragement, qu'une profonde tristesse, qu'un regret bien amer de ne pas avoir succombé dans la Vega, quand il y avait encore quelque gloire à périr devant Grenade, quelque joie à mourir pour elle.

Et au milieu de ce découragement, bien qu'il fût devenu indifférent à tout ce qui devait se passer autour de lui, la pensée de Colomb réveillait son âme engourdie, comme un souffle puissant ranime un feu qui va s'éteindre.

A la vue de cette grande montagne de Ténériffe, qu'on voyait de Gomera, et qui semblait avoir été posée entre les nuages comme le débris immense d'une terre détruite, Kaïzar sentit une ardente curiosité qui parut le rattacher à l'existence. Les Portugais n'avaient découvert au-delà que quelques côtes arides de l'Afrique, et un cap, jouet éternel des tempêtes : les Espagnols naviguaient vers les villes pompeuses de l'Inde. Là Ismael pensait qu'il allait voir se réaliser tout ce qu'il avait lu dans Alcazuini le Persan, qui, ayant parcouru l'Afrique et l'Asie un siècle auparavant, en avait raconté les merveilles dans son livre des *Prodiges des nations*. Il se rappelait encore ce qu'il avait remarqué dans Abi-Nassar, dans Abin-Saïd et dans Alnovaïre; il en faisait part à Colomb avec enthousiasme, et tous deux s'exaltaient aux récits pompeux de ces Orientaux. Mais quand l'âme du jeune Maure n'était pas

livrée à ces grandes pensées, il retombait
dans un morne abattement; c'est qu'au
milieu de l'attente d'un grand évènement,
il y avait pour lui la certitude d'un affreux souvenir.

Déjà attaché à Ismael par une sorte
d'affection reconnaissante qui avait com-
mencé dans les plaines solitaires de Palos,
et que les circonstances dans lesquelles il
s'était trouvé n'avaient pu changer, Colomb semblait oublier la différence de foi
qui existait entre lui et le jeune Maure;
il y avait entre eux deux une religion
de courage et d'exaltation ardente; et
quand il le voyait ainsi plongé dans des
réflexions douloureuses, il tâchait de le
ranimer, lui montrant la grande montagne, les flots immenses, et cette voûte du
ciel qui couvrait tant de pays ignorés,
ou bien encore il lui racontait quelques
circonstances de cette vie qu'on a crue
uniquement livrée aux élans du génie, et

qui connut cependant tout ce qu'il y a d'amer dans une grande passion. — Voyez, Ismael, comme je suis calme maintenant : il n'y a plus rien qui me trouble. Et le jeune Maure souriait tristement de ce que sa mélancolie avait été devinée par celui qui sondait tant de mystères.

Ils restèrent peu de temps à Gomera ; l'Amiral y était trop occupé de mille démarches pour que le jeune Maure pût le voir souvent. Il était solitaire au milieu des campagnes, et il apprit avec joie qu'enfin on allait lever l'ancre. Depuis deux jours il restait à bord de la Santa - Maria, laissant faire à ses compagnons leurs prières et leurs vœux ; un coup de canon l'avertit que les caravelles allaient gagner la mer. Nous allons rester un moment sur le rivage.

Déjà les préparatifs du départ étaient terminés ; les flammes aux brillantes couleurs sillonnaient à l'extrémité des mâts

un air pur et réjouissant ; l'équipage des
trois caravelles avait dévotement entendu
la messe dans une chapelle qui s'élève sur
la côte. Colomb, prêt à abandonner ces
îles verdoyantes, dernières terres bien con-
nues de l'Ancien Monde, Colomb s'avançait pensif vers cet Océan qui allait peut-
être devenir le tombeau de ses espérances...,
quand il fut accosté par deux hommes.
L'un était plus près de la jeunesse que de
l'âge mûr; son regard indiquait le caractère
le plus résolu, en même temps qu'il annonçait la meilleure disposition du monde
à s'accommoder de toutes choses.

Ses cheveux châtains étaient bouclés, en
désordre, une couleur vive animait ses
joues, sa barbe et sa moustache n'avaient
point la raideur qui distinguait celles des
Espagnols; dans ses yeux point de sou-
cis, sur ses lèvres toujours un sourire,
dans son attitude la certitude de ce que
vaut un homme résolu. Quant à son com-

pagnon, on voyait aisément qu'il n'avait nullement le même caractère ; il était vêtu d'une manière simple, comme l'étaient les Flamands, et une sorte d'importance dans son maintien indiquait la nation et la profession auxquelles il appartenait. Le premier ne fit nulle attention à la contenance imposante et réfléchie du personnage auquel il allait s'adresser, et il lui dit sans autre préambule :

—Seigneur Amiral, si vous y consentez, je pars avec vous : on dit que vous allez à Zipangu la Grand'Ville, dans la contrée des merveilles; et, pour vous dire la vérité, je ne suis pas fâché de faire un tour dans ce beau pays-là, où l'or et les diamans, dit-on, sont aussi communs que les cailloux ; et puis sans doute il faudra gaiement se battre contre ces géans enchantés dont ils parlent à Ténériffe : à table comme au jeu de la pertuisane, Jean d'Avallon n'est pas à dédaigner! Ah! Seigneur Amiral, si vous m'aviez vu durant les guerres d'Italie ! mais la belle Jeanne et les gentilles Dames de Pise m'ont joué trop de tours, et je vais au bout du monde pour les oublier.

— Quand ce joyeux compagnon, dit l'autre, vous aura parlé de ses affaires, je vous parlerai des vôtres, et, par Dieu ! elles sont bien aussi importantes que celles de Jean d'Avallon, quoique moins gaies... Le Seigneur Pinzon est un mauvais compagnon, Amiral ; hier, dans une hôtellerie de la ville où réellement, entre nous deux soit dit, on boit le meilleur jus des Canaries, il causait avec son premier pilote, et parlait en vénitien pour ne pas être entendu ; mais j'entends le vénitien, le milanais et le patois de Naples ; et comme le Seigneur Pinzon disait qu'il pourrait fort bien abandonner la flotte s'il se déplaisait en votre compagnie, et virer de bord vers l'Espagne, je lui ai dit en bon castillan qu'il y avait lâcheté à ne pas vous en pré-

venir lui-même ; et qu'au demeurant il
me trouverait toujours pour faire un autre voyage si le cœur lui en disait ; mais il
est de ceux qui entendent sans avoir l'air
d'écouter. Votre affaire ne me regarde nullement, toutefois je l'ai prise en bon soin
parceque tout ce qui est pour le bien du
commerce doit être aidé des gens de courage. Par la ville de Gand ! je veux le dire à
Pinzon lui-même, il est un traître et un
déloyal. En achevant ces mots, Thomas
Brooke prit une expression plus animée, et
comme quelqu'un qui venait de toucher
la seule corde sensible pour un homme
tel que lui et dans les intérêts de sa profession.

Durant la dernière partie de son discours, Colomb s'était graduellement animé,
et une furieuse colère faisait étinceler ses
yeux, si calmes habituellement.

— Par la mère qui m'a conçu ! par le
Christ qui m'a sauvé ! maudit Aragonais,

je te ferais pendre à la grande vergue de
ton navire si tu n'étais si bon cosmogra-
phe! dit-il.

Jean d'Avallon prit alors une attitude
réfléchie : et comme s'il allait traiter une
matière plus grave que celle dont il s'occupait habituellement : — J'entends aussi le
vénitien, car Venise est une ville que tout
enfant de la joie doit visiter au moins une
fois en sa vie, et j'étais en l'hôtellerie où
buvait le Seigneur Pinzon; mais, à mon
avis, Thomas, vous avez eu tort de conter
à l'Amiral ce qui s'échappait au bruit des
verres; comme dit Salomon, le vin est mo-
queur et la cervoise est mutine: la confes-
sion des buveurs doit être tenue secrète.
Et qu'importent les discours du Seigneur
Pinzon ? il faut l'attendre à l'action, et s'il
se conduit bravement, oublier ses discours
d'ivrogne. Quant à moi, je préviens l'Amiral que je ne suis pas fort pour le conseil,
et qu'il ne doit pas attendre du Bourgui-

gnon beaucoup d'avis; mais, en revanche,
il peut compter en toute occasion sur mon
bras et sur mon arbalète; les Milanais
s'en souviennent, ajouta-t-il en riant, et
je me souviens des Milanais.

Malgré une singulière disposition à s'ir-
riter, Colomb s'apaisait assez promptement, surtout à l'époque où la grande
pensée qui l'occupait dominait toutes les
autres. Elle éteignait jusqu'à ses passions,
ou plutôt s'accroissait de leur ancienne
activité.

—Seigneur Thomas Brooke, je vous
remercie, dit-il; Jean d'Avallon, je vous
emmène, puisque vous le désirez. Ne dites
rien à Pinzon, j'aurai les yeux sur sa ca-
ravelle autant que sur mon astrolabe. Et
en achevant ces mots il se dirigea vers le
port pour surveiller les préparatifs de
l'embarquement.

Quand les deux hommes auxquels il venait de parler furent seuls, ils gardèrent

un moment de silence, mais bientôt le Français le rompit :

— Écoutez, Seigneur Thomas, vous reverrez mon père, dites-lui qu'il ne soit pas inquiet sur mon compte, et gardez-vous bien surtout de lui apprendre où je suis allé !... Il est vrai que le secret sera facile à garder : que le malin m'étreigne si je sais bien clairement où vont ces trois caravelles qui sont dans le port, comme trois joyeux cygnes sur un étang; au demeurant qu'il mène paisible vie, et qu'il aune gaiement son drap d'Espagne et son velours de Florence. Vous lui porterez un tonnelet de vin des Canaries, pour boire aux bons jours et se gaudir au coin du feu. Tenez, Thomas, voilà dix ducats qui me restent; je n'emporte que ma bonne épée et mon arbalète.

— Une forte épée est bonne, répliqua Thomas en souriant, surtout avec un esprit résolu comme le vôtre ; mais les ducats sont bons aussi. Il ne faut pas visiter les terres étrangères sans en avoir quelques uns en l'escarcelle. Écoutez-moi, Jean; gardez vos ducats, et en voici vingt autres. Votre vieux père recevra un tonnelet rempli du meilleur jus des Canaries qui soit en ces îles; mais, au nom du Seigneur et de la ville d'Anvers, faites quelque chose pour les gens qui se mêlent de négoce; car je ne sais quelle douleur me point en voyant ces Castillans résolus qui ne parlent non plus d'affaires que d'aller se noyer!...

— Pour aller se noyer, ils en sont un peu plus sûrs que de tout le reste, reprit Jean d'Avallon. Au surplus, votre action me touche, ajouta-t-il avec un grand sérieux, et j'établirai une maison à Zipangu, avec laquelle vous serez en continuelle correspondance... Vous pourrez m'écrire chez le grand Kan de Tartarie ou le prêtre Jean : avant peu ils entendront parler de

moi. Et comme si d'anciens souvenirs de
jeunesse se fussent pressés en ce moment
dans son âme, il ajouta d'un air qu'il
prenait rarement, mais qui indiquait un
vif mouvement du cœur tout-à-fait en
opposition avec son genre d'esprit : C'é-
tait bien l'intention de mon vieux père
que je fusse un homme prudent et posé,
faisant sage trafic, et soignant la fortune ;
mais jusqu'à présent il en a été autrement...
A coup sûr, j'établirai une maison de
commerce à Zipangu ; je m'amenderai,
Seigneur Thomas, oui,... je m'amenderai ;...
mais encore quelques jours de joyeuse
vie, s'il vous plaît, ou de misère en bonne
et franche compagnie de soldats, ce qui
me plaît tout autant... Et il prononça ces
derniers mots avec une insouciante tranquillité qui fit assez comprendre à son
compagnon combien avait été rapide l'at-
tendrissement qu'il n'avait pu maîtriser.

Comme les navires commençaient à

aire les manœuvres du départ, il se di-
igea vers le port en disant : — Adieu, Tho-
as Brooke. Ne dites pas tout ce que vous
ntendez, et faites ce que vous m'avez
romis. Je vous jure, foi d'enfant de bonne
aison, que vous pouvez compter sur
uatre tonnes d'or contre votre tonnelet
e vin des Canaries. Et à propos, ajouta-t-il
revenant sur ses pas, vous pouvez dire
la belle Jeanne, la fille du Tabellion, que
ien qu'elle soit pire qu'une tigresse d'Hir-
nie, je suis allé lui chercher un collier
e perles au Grand Cathai. Adieu, Brooke,
ieu ; ne m'oubliez pas auprès de cette
nte bachelette.

CHAPITRE III.

Antilia et l'Ile Borondon.

Ils allèrent à Ténériffe pour retourner à Gomera, avant que d'entrer dans des mers tout-à-fait inconnues.

Ils naviguaient entre ces îles imposantes, contemplant leur belle verdure, leurs roches de basalte aux teintes éclatantes et variées qui se détachaient sur un ciel bleu. La nuit vint, et comme si la nature eût voulu signaler, par un de ses plus terribles phénomènes, l'audacieuse entreprise qui livrait un monde nouveau à l'ancien, tout-à-coup des flammes rouges s'élevèrent de ce pic immense qui s'élève au-dessus des autres montagnes. A voir ces jets embrasés s'élançant avec impétuosité vers les cieux ; ces torrens de feu bleuâtre qui sillonnaient la montagne, éclairant l'île d'une lueur sinistre, on eût dit un grand astre roulant ses feux au-dessus des mers, et cherchant à détruire les restes d'un continent abîmé (1).

— Les flammes semblent sortir du ciel comme elles descendirent autrefois sur Sodome et Gomorrhe! s'écria Diego de Arana. Et les matelots, debout sur le tillac, contemplaient ce grand incendie roulant au-dessus des nuages ; ils se préparaient par d'effrayans prodiges à des prodiges que leur imagination rendaient plus terribles encore.

A Gomera, on leur parla d'îles mystérieuses, et qu'on apercevait au milieu des brumes dans le lointain, mais qui disparaissaient toujours devant ceux qui les

(1) Quelques auteurs ont vu dans les Canaries et Madère les restes de l'Atlantide.

cherchaient sur l'Océan, comme ces lacs fantastiques que forme le mirage, disparaissent dans l'immensité des sables aux yeux du voyageur (1). Mille autres merveilles leur furent donc racontées de Borondon et d'Antilia, contrées fabuleuses qu'on marquait alors sur toutes les cartes à l'ouest de Madère.

Et il n'y avait pas un matelot qui n'eût ses rêves, pas un dont l'imagination n'enfantât quelques uns des prodiges de l'île de Borondon; ils racontaient comment ce saint Écossais, voyageant avec le grand Macloud, avait trouvé une île merveilleuse servant de sépulcre à un géant immense, qui s'était relevé de cette tombe environnée d'orages pour les conduire dans une île qu'entouraient des murailles d'or, resplendissantes comme du cristal. Le Géant y conduisait le navire du Saint avec un

(1) J'ai décrit ce phénomène dans mes *Scènes de la nature sous les tropiques.*

câble, comme un enfant joue sur les bords des eaux avec une nacelle de papier : mais la ville d'or ne paraissait point, et le Géant, las de la vie, demandait de nouveau la mort, et s'étendait dans sa tombe de rochers où se brisaient les flots. Tantôt l'île n'était pas autre chose qu'une énorme baleine sur laquelle on venait célébrer la messe, et qui rentrait dans le gouffre des mers aussitôt qu'on l'avait quittée.

C'est ainsi que tout se réunissait, dans ce premier voyage vers un monde inconnu, pour frapper les imaginations et les entraîner hors des voies communes, comme le souffle des vents poussait les voiles sur des mers ignorées.

Mais au bout de trois jours que l'on était parti de Gomera, le vent tout-à-coup cessa de souffler ; les navires furent immobiles au milieu des eaux sans mouvement. Dans ce calme et sous ce brûlant soleil, l'esprit des matelots ne fut que plus sour-

dement agité : les tempêtes se forment
quelquefois au milieu du repos ; dans ces
climats ardens les âmes se reposaient dans
la terreur.

Quelle destinée ! un monde à découvrir !
Quelle vue ! une mer frappée d'immobilité,
et à l'horizon une montagne semblable à
un grand nuage se perdant dans des torrens de fumée ; la nuit, une lueur vague
et sinistre ; et sur la mer, ces longs sillons
lumineux que tracent dans les eaux des
monstres sans noms !

Au bout de trois jours le vent fraîchit,
et les navigateurs aperçurent un débris de
navire, comme si dans les mers inconnues
où ils entraient cette vue leur eût été of-
ferte ainsi qu'un avant-coureur des dan-
gers qu'ils allaient affronter. Le vent frais
allait toujours croissant ; et ce fut alors,
dit-on, que ce guide mystérieux de l'expédition, que cette faible aiguille aimantée
sur laquelle reposait la destinée de tant

d'hommes, varia tout-à-coup dans le mouvement qu'on croyait éternel.

Colomb, le premier, le vit comme il
voyait tout; c'est encore une de ses gloires
ignorées. A la pâleur de son front, les
Pilotes essayèrent de comprendre ce qui se
passait en lui; mais, au bout de quelques
momens, il ne leur montra que l'expression d'une méditation froide; sa terreur
fut muette ; il se contenta d'expliquer
le phénomène inconnu en répétant de
profiter de la brise, de mettre toutes les
voiles au vent; et pendant que son œil in-
vestigateur demandait de nouvelles révé-
lations aux flots et aux cieux, le vent em-
portait les voiles.

On entendait alors autant de voix
joyeuses que de paroles craintives; le *rabo
de junco* (1), qui balançait ses longues
plumes dans l'azur du ciel, laissait croire
aux plus timides que la terre n'était pas

(1) Le paille-en-queue.

bien éloignée ; c'était comme un phare vivant, leur disant dans les airs qu'on pouvait retrouver le rivage.

Au bout de quelques jours l'on murmura ; et cependant un vent frais enflait toujours les voiles des navires...D'un bras nerveux le timonier ouvrait doucement la vague ; mais comme si, au milieu de la plus grande entreprise qui eût été formée pendant bien des siècles, l'éternelle Puissance eût voulu laisser à l'homme le pouvoir d'abandonner un dessein qui allait changer la face de l'univers, ce vent, qui conduisait vers le Nouveau Monde, pouvait encore ramener vers l'Europe.

Et puis le vent tourna, et il fut impossible de songer à retourner vers l'Espagne ; c'était la réponse de Dieu à l'homme. Colomb s'inclina avec une joie secrète... Par ce gémissement d'un vent nouveau ses prières venaient d'être exaucées...

Quelques matelots blasphémèrent; mais Dieu n'avait interrogé que l'homme de génie, et c'est à lui qu'il avait répondu.

———

CHAPITRE IV.

Le Français et le Maure.

La brise allait toujours soufflant : une voix légère et vive comme elle se mêlait au bruit des eaux et chantait ces paroles :

Il n'est tel plaisir
Que d'estre à gésir (1)
Parmy les beaux champs ;
L'herbe verd choisir,
Et prendre bon tems :
Avec ma houlette
Et cornemusette
Sur la belle herbette
Je m'esjouissoye,
Avec bergerette
Plaisant, juliette,

(1) Reposer.

Baisant la bouchette,
Si douce que soye ;
Dieu sait qu'elle joye !
En l'air je sautoye,
Et chansons chantoye
Comme une alouette.

Mieux vaut la liesse,
L'amour et simplesse
De bergers, pasteurs,
Qu'avoir à largesse
Or, argent, richesse,
Ni la gentillesse
De ces grands Seigneurs ;
Car ils sont greigneurs (1).
Mais pour nos labeurs
Nous avons sans cesse
Les beaux prés et fleurs,
Fruitaiges et fleurs,
Et joye à nos cœurs,
Sans mal qui nous blesse.

— A votre tour, à votre tour, Seigneur Maure ; j'ai chanté un virelay de Martial de Paris, et je vous réserve une joyeuse tenson d'Alexis-Guillaume, dit Jean d'Avallon en achevant l'air doux et gai qu'il venait

(1) Importans.

de composer pour charmer les loisirs d'une belle soirée. — Les Maures sont renommés pour leurs chants, et je serai vraiment plus content qu'un Roi d'entendre quelques unes de ces belles romances amoureuses avec lesquelles vous savez si bien charmer les dames Maures et Castillannes.

Et il est bon de dire que, bien que fort différens en leur caractère et en leurs idées, ces deux étrangers, dès les premiers jours, s'étaient liés d'une franche amitié, se cherchant toujours quand ils étaient éloignés l'un de l'autre.

Le Français présenta à Kaïzar un théorbe dont il venait de s'accompagner; et celui-ci, de sa voix grave et sonore, chanta ces paroles d'un poète célèbre, qu'il traduisit ensuite en espagnol :

O toi dont le cœur est calme ! ne porte pas tes regards sur celle qui fait mon bonheur. Estime-toi heureux de posséder ton cœur, et crains e trouble où jettent les yeux noirs.

O mon ami! écoute - moi; c'est la compassion qui dicte mes conseils; garde-toi d'approcher de la tribu de ma bien-aimée.

L'amour dont je brûle est aussi pur que le visage éclatant de blancheur des élus; et les reproches de mes censeurs me paraissent noirs comme la face des réprouvés.

Si quelquefois, au milieu des reproches que mon censeur m'adresse, le doux nom de mon amie s'échappe de sa bouche, alors mes oreilles ravies s'ouvrent avec avidité pour l'entendre, quoiqu'elles restent sourdes à ses conseils.

L'éclair me fait pitié quand on le compare au doux sourire de ma bien-aimée: les dents éblouissantes de cette belle le couvrent de honte.

Souvent lorsqu'elle est près de moi, mes sens abusés la retrouvent dans tout ce qui a de la grâce et du charme :

Dans les sons harmonieux de la lyre et de la flûte, quand ces deux instrumens marient leurs accords;

Dans ces riantes vallées où viennent, à la fraîcheur délicieuse du soir et au lever de l'aurore, paître les timides gazelles;

Dans les prairies où tombe la tendre rosée sur des tapis de verdure émaillée de fleurs;

Dans les lieux où le Zéphir traîne les plis de sa robe embaumée, quand au léger crépuscule du matin il m'apporte les plus suaves odeurs (1).

Ismael s'arrêta, et il contempla les flots tranquilles de la mer, comme s'il y eût cherché une image selon son cœur.

— Fort bien, fort bien, Seigneur Maure, dit le Français, et je voudrais savoir l'arabe comme le castillan pour comprendre tout d'abord ce que vous chantez d'une voix si merveilleuse; mais ce sont paroles qui expriment autant le souci que la joie... Franche ardeur de gaieté, douce plaisance d'amour, c'est le chant que j'aime; puissant cri de guerre, aventureux voyage, c'est ma devise, à moi; la belle Jeanne le savait bien, cette fraîche blonde aux yeux bleus, qui n'a pu me retenir, et que maintenant cependant je voudrais si bien revoir; mais au surplus il n'y faut plus penser. Écoutez, Seigneur Morisque, cette

(1) Ces vers sont du Cheïkh Omar Ben-Faredh. V. les Notes.

gentille ballade qu'on répète encore à
mon pays ; et en disant ces mots il effleu-
rait d'une main rapide les cordes du
théorbe qui rendait de légers accords qu'on
aurait pu comparer au gazouillement des
oiseaux, et il se prit à chanter ainsi :

Qui dit qu'amours
Ne sont que flours,
Il se déçoit ;
Qui tous les jours
En voit les tours,
Bien l'aperçoit.
Je vous soutiens qu'on y reçoit
Pour un plaisir mille douloure.

Pâris fuma,
Puis s'alluma
D'amour soudaine :
Ses nefs arma
Tant escuma,
Qu'il prit Hélène,
Dont l'amour vaine,
De douleur pleine,
La cité de Troye enflamma !...
Mieux eust valu qu'en male estreine,
Il eust tremblé fièvre quartaine,
Que tant aimer ce qu'il aima.

2.   2.

— Seigneur Nazaréen, autant que je puis comprendre votre chanson, elle est joyeuse et bien faite ; mais écoutez ceci, et dites-moi si cet air, à la fois doux et triste, qui ressemble au bruissement des vagues et aux cris plaintifs de oiseau x de mer, n'exprime pas ce qu'il veut faire sentir ?.... Et il prit le théorbe.

A peine l'éclat de cette beauté merveilleuse eut-il frappé mes regards, avant même d'éprouver de l'amour, je me suis écrié : C'en est fait de moi !

Dieu soit loué ! mes paupières sont condamnées à l'insomnie à cause de la passion que tu m'as inspirée, et mon cœur est resté en proie au tourment.

Triste et abattu au lever de l'aurore comme au coucher du soleil, je n'ai point dit : Vaincus par la souffrance, chagrins, dissipez-vous !

Je me sens ému d'une douce pitié pour tout cœur agité d'une passion tendre, pour toute bouche qui tient le langage de l'amour ;

Pour toute oreille fermée au reproche du censeur importun ; pour toute paupière que le plus léger sommeil ne vient jamais appesantir.

Loin de moi ce froid amour qui laisse les yeux secs et vides de pleurs, cette passion qui n'allume pas de transports.

Prends le dernier souffle de la vie que tu m'as laissé : l'amour n'est pas parfait tant qu'il épargne un reste d'existence.

Ah ! qui me fera périr victime de l'amour que je ressens pour une tendre gazelle formée de la pure essence des esprits célestes ?

— A moi, à moi, Seigneur Kaïzar ; je vais vous répondre par un doux rondel de Charles d'Orléans le Poétiseur, dont j'ai fait l'air un jour que mon cœur était endolori de mille souvenances, et qu'avec ce brave Flamand que j'ai laissé à Gomera, nous commencions à sabler quelques bouteilles de ce bon vin des Canaries. Cette fois les accords étaient vifs et répétés, comme si mille voix joyeuses se fussent confondues en se disant adieu :

Allez-vous-en, allez, allez,
Soucy, soin et mélancolie :
Me cuidez-vous toute ma vie
Gouverner comme fait avez ?

Je vous promets que non ferez ;
Raison aura sur vous maistrie.
Allez-vous-en, allez, allez,
Soucy, soin et mélancolie.

Si jamais plus vous retournez
Avecque votre compagnie,
Je prie à Dieu qu'il vous maudie,
Et le jour que vous reviendrez :
Allez-vous-en, allez, allez,
Soucy, soin et mélancolie.

— Qu'en dites-vous, Seigneur Maure ? N'est-ce pas ainsi qu'il faut mener franchement le chagrin ?

Kaïzar allait chanter encore. Les yeux fixés sur l'horizon, il modulait mille accords, exprimant, dans ses préludes capricieux, tour à tour l'ardeur et la mélancolie, la douceur du repos et la joie impétueuse des combats. Ses pensées n'étaient plus pour les hommes qui s'étaient assemblés afin de l'écouter.

Sous cette voûte immense, dans la solitude formée par les eaux, tantôt il plon-

geait dans le passé , tantôt son âme se
jouait audacieusement dans l'avenir; et
ses accords, prolongés dans l'espace, cherchaient à exprimer les impressions tumul-
tueuses de la poésie arabe. Jean d'Avallon
se sentait lui-même profondément ému :
on faisait un religieux silence.

Un long sillon de lumière parut tout-
à-coup dans les cieux, et un merveilleux
rameau de feu, comme dit l'Amiral lui-
même, alla s'éteindre à cinq lieues du navire (1).

Tous les regards suivirent le météore ,
incertains si ce n'était pas un nouveau signal envoyé de Dieu pour arrêter, quand
il était temps encore, une audacieuse
entreprise. Kaïzar contemplait lui -même
avec admiration la voie lumineuse du mé
téore, quand un vieux pilote que tout le

---

(1) «Un maravilloso ramo de fuego.» *Journal de Colomb* ,
publié par Navarrete.

monde respectait à bord, prit tout-à-coup la parole.

— Enfans, enfans, ne vous effrayez point; mon grand-père a navigué sur ces mers il y a longues années. Il n'alla pas tout-à-fait si loin cependant, continuait le vieux marin en jetant un regard autour de l'horizon; et il m'a dit plus d'une fois qu'il avait vu de ces feux dans l'air, surtout quand il découvrit Madère-la-Renommée, aux beaux arbres, aux belles roches marbrines, aux beaux vignobles de Malvoisie.

— Ah ! contez-nous, Barual, contez-nous l'histoire de votre grand-père, puisque le Seigneur Maure a cessé de chanter, dit un des matelots, qui n'était point fâché d'être distrait des réflexions que lui avait fait faire le mystérieux météore.

— Elle est fort étrange, Señores marineiros, mais je vous la dirai telle que le père de ma mère me l'a racontée maintes et maintes fois , en s'animant toujours quand il la disait., parceque c'était, de toute sa vie., l'évènement qui lui avait fait le plus de peine ; et cependant sa vieille barbe blanche avait poussé dans bien des pays différens.

Le père de ma mère était Anglais , patron d'un petit navire qui faisait le commerce entre la France et les trois-royaumes.

Un jour, au temps du Roi Édouard III, un jeune gentilhomme vint le prier de se tenir prêt à partir pour le beau pays de France, mais secrètement et de telle manière que nul ne pût savoir , dans le port, pour quel pays il comptait faire voile; et il resta lui-même à bord du navire, paraissant grandement agité , regardant avec inquiétude ce qui se passait à terre.... Vers le soir de cette journée, qui avait été si mauvaise pour lui , on comprit ce qui lui donnait de si poignantes inquiétudes.

Une jeune Dame merveilleusement belle,
et qui paraissait fort agitée également,
monta sur le bâtiment, conduite par un
valet qui semblait être un gentilhomme,
tant il avait belle apparence et bonne façon.
Il salua respectueusement la Dame, embrassa cordialement le Cavalier, lui disant:
Machim, je vous remets ce trésor de beauté;
mais si vous ne voulez point que toutes
mes peines et mes déguisemens soient
inutiles, je vous conseille de faire déployer
promptement les voiles :... et les cavaliers
qui nous poursuivent peut-être maintenant
seront moins prompts que les vents, j'es-
père. Et comme il disait ces paroles, il était
aisé de voir à la pâleur de la Dame, qu'une
grande angoisse allait la tourmentant.
Elle s'appuyait, toute peureuse, sur le bras
du Cavalier, qui lui disait : Anna, ma très
belle amie, ne vous émouvez pas de crainte,
nous allons partir. Son ami s'éloigna
avec mille souhaits de bonheur pour ceux

qu'il avait réunis. Aussitôt il supplia mon
grand-père de faire mettre toutes les voiles
au vent. Mon grand-père était patron et
non pilote, les passagers paraissaient si
empressés de quitter les côtes, qu'on ne
lui laissa pas le temps de prendre un maître marinier qui devait les joindre le soir
même. Il dit donc: — Dieu soit en aide à
ces pauvres enfans ! bonne volonté sup-
pléeraà l'habileté.. Levez l'ancre... Et son
ordre ne fut pas plus tôt exécuté, que,
comme si les malins esprits se fussent em-
parés du navire, il laboura rondement les
flots, filant joyeusement le long des côtes,
qui disparurent en un instant. Et à la
pointe du jour on espérait voir d'autres
côtes, celles du beau pays de France,
mais nulle terre ne paraissait.

Les deux jeunes gens ne s'aperçurent point
d'abord qu'on ne voyait que les flots et le ciel;
ils se faisaient un monde à eux seuls, devisant
doucement de leurs amours, qui n'avaient

été jusque alors que peines, et qui, à les entendre s'entre-parler, commençaient à devenir bonheur. — Anna d'Arfet, lui disait quelquefois le jeune homme, je donnerais tous mes jours passés pour cet unique instant. — Machim, lui répondait-elle, notre bonheur est chose bien peu assurée, puisqu'il tient à ces vents qui nous emportent maintenant; car plus d'une galère fend les eaux pour nous poursuivre. Elle lui disait ces mots avec un sourire triste; et lui, répondait joyeusement: — Les belles campagnes fleuries de la France vont nous recevoir comme ces oiseaux qui vont voletant maintenant dans l'air.

— Hélas! mon gentilhomme, dit le matelot qui tenait le gouvernail, ce sont oiseaux de prés fleuris, il est vrai; mais je crois qu'ils sont égarés comme nous... A ces tristes mots tout le monde demeura muet, regardant les flots si loin qu'ils pouvaient

s'étendre; mais le vent continuait à souffler, faisant rouler le navire sur les vagues
sans qu'une main habile sût le diriger; et
il alla ainsi plusieurs jours, comme si les
démons de l'air l'eussent emporté. La jeune
Dame souriait quelquefois encore quand
elle parlait à son ami, comme pour le ras-
surer; mais il y avait quelque chose dans
son regard qui aurait fait souhaiter qu'elle
vînt à pleurer. Pas une larme ne mouilla
ses yeux, et sa voix cependant était comme
une voix tremblante de femme en larmes. Ses yeux secs regardaient toujours le
ciel et le jeune Anglais;... elle ajoutait,
en contemplant la vaste mer qui lui paraissait sans fin, comme elle nous paraît à
nous maintenant : — Croyez-vous qu'une
terre veuille jamais me recevoir, Machim,
et qu'il y ait miséricorde pour moi, qui n'ai
quitté mon père que pour causer mille
douleurs aux autres ? Puis, de sa voix
si pleine de douceur, elle allait deman-

dant pardon aux matelots d'être la cause
de leur malheur, disant qu'elle était une
fort grande pécheresse ;... ils pleuraient,
eux, de l'entendre, tandis qu'elle ne pouvait pleurer ; et enfin une voix cria : Terre!
Elle en montra quelque joie, mais une joie
silencieuse, et comme les joies de l'agonie
qui sont dans un dernier regard... Pour
Machim, il s'élança en trois bonds au sommet du mât, afin de s'assurer que ce n'était
pas une fausse nouvelle, et il descendit
comme enivré, regardant Madame Anna
toute languissante, et cette terre qui allait
lui rendre la santé ; mais elle se contenta
de lui dire : — Béni soit Dieu qui vous a
sauvés! Comme la brise était fort vive, une
île qu'on voyait d'abord sous la forme d'un
lointain nuage se montra bientôt semblable à une grande corbeille de fleurs sortant
des eaux. Quand on fut un peu plus près,
elle parut merveilleusement gracieuse; c'é-
taient de belles roches de couleur, gar-

nies à leur sommet de grands arbres ver-
doyans; c'étaient de belles collines parées
d'herbes et de fleurs, que les vapeurs du ciel
et de la terre allaient caressant, en roulant
leurs nuages blancs et légers sur les pics de
verdure. Au demeurant, tout était roches
ou forêts; nulle habitation ne paraissait sur
la côte, seulement quelquefois on aurait
cru, à voir une grande roche percée élevant
sa voûte au-dessus des flots, qui se brisaient
en bouillonnant, que quelque vieille ab-
baye s'élevait autrefois sur le rivage; mais
ce n'était qu'illusion, tout était désert,
et l'on ne voyait que des oiseaux s'ébatant
sur les eaux ou se perdant dans les forêts.

On descendit sur le rivage, à un endroit
où l'on voit le pic de Nève élever sa tête
chenue au-dessus des autres montagnes qui
sont encore si richement boisées. Des rochers d'un rouge foncé ouvraient de toutes
parts leurs grandes cavernes au-dessus des
eaux; mais en s'affaissant elles formaient

une baie délicieuse où un ruisseau sortait
du milieu des arbres touffus pour se rendre doucement dans la mer. Ce fut dans
cet endroit, qui a conservé le nom du
voyageur, qu'ils passèrent plusieurs nuits,
essayant de ranimer par d'encourageantes
paroles la jeune dame, que l'air de la terre
fit revivre un instant, comme une pauvre
plante baignée de rosée se relève à la fin
du jour.

Voilà que pendant la nuit la brise des
montagnes souffla; le navire fut emporté
loin des côtes, sans que les mauvais mariniers qui le montaient pussent le retenir.
Quand Anna d'Arfet regarda la mer, on
ne voyait déjà plus que les voiles blanches
dont le vent semblait se jouer... Elle ne
dit qu'un mot :

— Je savais bien, Robert, que tous les
malheurs accompagnaient une pécheresse
comme moi. Et nos gens se regardaient

bien tristement entre eux , car ils savaient
parfaitement que ceux qui étaient sur le
bâtiment ne pourraient nullement le ma-
nœuvrer.

L'île était fertile , mais bien pauvre de
ce qui nourrit les hommes ; partout de
grands bois fleuris très beaux à voir , mais
un petit champ de blé doré eût mieux
valu cent fois. Hélas ! cette terre sans cul-
ture donna bien assez de fruits pour Anna
d'Arfet , qui voulait ne se nourrir que de
ses douleurs , et qui vivait d'angoisses ,
demandant pardon à tout le monde, priant
sans cesse, suppliant qu'on priât pour elle.
C'était grande pitié de voir cette pauvre
jeune Dame aux blanches mains , aux
blonds cheveux, ressemblant à quelque
nymphe divine qui serait venue visiter
l'île, mais n'ayant que des feuilles pour lit,
une cabane de branchages pour maison ,
et des fruits sauvages pour nourriture ;
et disant que tout cela était encore trop

pour elle, qui avait fait la faute de quitter
son père. Et puis, comme si elle eût craint
d'affliger le jeune gentilhomme qui avait
causé tous ses maux, elle se prenait à sourire, l'appelant son doux ami, lui disant
que cette île était fort belle, et que si elle
pouvait vivre, elle y vivrait heureuse;
mais quand elle parlait ainsi, m'a dit mon
grand-père, ses joues pâlissaient et rou-
gissaient;... elle regardait fixement la mer
lointaine comme si elle eût cherché à l'horizon quelque voile de vaisseau. Une fois
elle dit... au moment où le Seigneur Machim s'était éloigné un instant : — Ce sera
ici, ici sur cette île déserte... Personne de
ma famille ne le saura!...

Mon grand-père ne la comprenait pas,
il lui demanda ce qu'elle disait : — Rien,
rien répondit-elle, je demande l'oubli
pour moi et pour les autres... Oh! si ma
mère savait ce que je souffre, et où je
suis! Et puis, comme le Seigneur Machim

revint près d'elle, cherchant à réchauffer
dans ses mains ses mains glacées :

— Quand vous retournerez en Angle-
terre, il faudra ne pas parler de cette île,
n'en rien dire :.... que mes misères soient
ignorées... Mon père m'a maudite; mais s'il
voyait ce rocher, ces grandes forêts dé-
sertes, il aurait pitié de moi... Et puis son
amour se ranimant, elle se repentait de ce
qu'elle avait dit... — Bien des filles d'Angle-
terre me porteraient envie, Machim :... être
près de vous, que ce soit dans un palais
ou dans une île déserte, voilà ce que j'ai
voulu... Vous choisirez un grand arbre, ce
grand arbre couronné maintenant de ses
fleurs, pour me déposer sous son ombrage, afin que vous le reconnaissiez quand
vous reviendrez. Machim, vous reviendrez,
vous ne me laisserez pas éternellement
seule ici, mon ami.

— Vous ne serez pas seule, Anna, disait d'une voix tremblante, et les lèvres

pâles, le jeune homme, qui attachait sur
elle ses yeux, comme s'il eût compté
toutes les minutes de sa vie pour savoir
ce qu'il lui restait de temps à vivre à lui-
même... La pauvre jeune Dame continuait à souffrir. Penchant son cou d'her-
mine sur l'épaule de son ami : — Il faut,
lui dit-elle, que je sois quelque temps
seule avec les flots de la mer et les oiseaux du ciel ; mais tu reviendras ! Et mon
grand-père m'a dit qu'elle n'acheva pas ;
elle s'était évanouie... Machim leur faisait signe de ne point faire de bruit, pour
que son sommeil ne fût pas interrompu.
Mais à la fin il dit : — Je n'entends plus son
souffle ! Anna, tu dors bien long-temps.
Et mon grand-père ne pouvait jamais répéter ces mots sans que l'on vît tomber
de grosses larmes sur sa barbe blanche,
car ces mots, répétés d'abord doucement,
et puis à grands cris, furent sans réponse :
Anna n'était cependant pas morte ; elle

revint à elle, mais l'angoisse lui avait ôté la parole (1).

Le gentilhomme lui disait des mots très doux ; mais elle se contentait de sourire, ne pouvant pleurer. Au bout de trois jours, comme il tenait sa main languissante en regardant son visage qui changeait, devenant d'abord presque violet, puis tout pâle ; elle remua les lèvres comme si elle avait voulu parler. Pas un mot ne sortit de sa bouche,... ce fut son âme qui s'envola ; sa main, qui montrait la mer, retomba. Un mot d'adieu, elle ne le put dire...

Le Seigneur Machim prit alors entre ses bras le corps de sa pauvre amie, l'embrassant d'une façon fort douloureuse, appelant la Vierge dans son saint paradis, et Jésus pour qu'il eût pitié de lui.

Pendant deux jours il la regarda, pen-

(1) Les chroniqueurs le rapportent ainsi.

dant deux jours il l'embrassa de mille étreintes angoisseuses, répétant toujours ces mots : — Mon amour orgueilleux l'a tuée, c'est mon amour orgueilleux qui l'a fait mourir; malédiction sur moi !

Au bout des deux jours il dit d'une voix tremblante, mais sans larmes :—Que sa dernière volonté soit faite par moi; car dans quelques temps je ne pourrai plus la faire.

Et le pauvre gentilhomme avait raison. Il prit ce corps froid, lui creusa une petite tombe sous cet arbre qu'elle avait regardé quand elle pouvait regarder encore. Il la couvrit de grands feuillages, jusqu'à ce qu'on ne vît plus que sa tête blanche, voilée de ses longs cheveux blonds; il la regarda long-temps encore,... et il dit à voix haute :—Anna d'Arfet, ta volonté est faite, je ferai la mienne aussi.... Jetez la terre.

Sa volonté était de mourir, il la fit ; au bout de cinq jours mon aïeul l'enterra sous le grand arbre. Il a tant prié avant de mourir, m'a-t-il dit, qu'il a dû rejoindre celle qui était déjà un ange du paradis.

Et eux autres pauvres matelots, ils construisirent une petite barque, et s'en furent aux côtes de Barbarie, d'où ils revinrent en pays chrétien.

———

CHAPITRE V.

La mer dans le voisinage des Tropiques. — Le coucher du Soleil.

Ainsi se passèrent les premiers temps de la navigation ; l'équipage cherchait à tromper son inquiétude par des récits de guerre, d'amour ou de malheurs ; mais dans ce moment qui allait décider à jamais de sa destinée, Colomb rassemblait silencieusement toute son énergie ; il ne parlait point, il méditait ; toutes ses pensées étaient pour Dieu et pour une gloire religieuse. Oh ! comme il cherchait à lire dans les cieux ; et, quand tout le monde s'agitait autour de lui, comme il contemplait les astres ! Chaque oiseau égaré dans les

airs semblait lui crier sa destinée, on eût
dit qu'il pouvait lire dans leurs traces in-
visibles le chemin des contrées d'où ils
étaient partis. Avec quelle inquiétude encore ses yeux plongaient dans la profondeur des eaux en cherchant à distinguer
la forme des poissons, en cherchant à de-
viner dans leurs traces fugitives les lieux
d'où ils étaient venus ! Et quand tous ces
indices éphémères l'avaient jeté dans le
trouble; quand sa pensée s'égarait au milieu des vents; sous la voûte immense, et
sur ces grandes eaux dont il voulait trouver les bornes; lorsque des idées de vide et
de néant le livraient à l'angoisse, il fallait
tromper les hommes pour leur donner
du courage, leur dire qu'ils étaient encore
près de la terre, pour qu'ils eussent la
force de chercher une terre inconnue.
S'il calculait en silence le chemin qu'on
avait parcouru durant le jour, il y avait
toujours un compte pour les matelots,

un compte pour lui, vingt lieues pour l'é-
quipage, cinquante pour l'Amiral; et il
allait toujours ainsi, rêvant la terre, n'osant
peut-être pas espérer de l'atteindre : là fut
l'audace après le génie.

Et cependant les matelots commencèrent à se parler plus souvent entre eux, se
confiant leurs craintes et leurs espérances.

— Melgarejo, que penses-tu maintenant
de l'Amiral? crois-tu que ses projets enri-
chissent ta femme et tes enfans? la mer,
rien que la mer, jusqu'à ce que nous ar-
rivions aux Enfers.

— Ou au Paradis, Juan Barrual; le Grand
Cathai n'est pas si éloigné que tu le
penses; et quel pays pour un Castillan! les
orangers y produisent des fruits d'or, les
pierres y sont d'argent pur, et nous les
ferons marquer au coin de Séville.

— A tous les diables l'or et l'argent du
Cathai! le vent ne souffle plus pour retourner en Espagne.

— Paix, paix, Juan Barrual, voilà l'A-
miral qui passe avec l'astrolabe qui nous
conduira tout droit au pays de Satan. On
dit, ajouta-t-il à voix basse, que ce ne serait pas la première fois qu'il l'aurait vu.
Tenez, il est suivi du Seigneur Kaïzar;
si celui-là s'est fait chrétien, comme
on dit que le sont devenus tous les Maures
de Grenade, il ne s'occupe guère de notre
sainte religion catholique : son ami le Nazaréen, comme il appelle le Français, est
plus dévot que lui; il prie la Vierge, au
moins, et l'autre n'adresserait pas au vent
contraire un seul signe de croix. Et en ce
moment les matelots se turent, car l'Amiral venait vers eux, suivi de Kaïzar, qui
l'interrogeait sur la route qu'on venait de
suivre.

— Trente lieues pour vous, dit à voix
basse l'Amiral, vingt pour l'équipage; ils
grondent avant la tempête. Et il examina
attentivement de quel côté venait le vent,

2.   3.

garda quelque temps le silence, et dit avec l'apparence du calme : — Tout le monde ne peut pas être satisfait , le vent qui nous porte vers Zipangu ne peut pas nous ramener à Palos.

Mais Kaïzar avait remarqué sous cet air de calme une agitation véhémente, et il lui dit en lui prenant la main : — Le poète Aboutt'hayb a dit : — La gloire n'appartient qu'au génie qui exécute des choses impossibles à tout autre. Et il ajouta à voix basse : — Le vil serpent qu'on frappe dans le désert ne relève pas la tête.

— Je vous comprends, Kaïzar : je châtierais l'insolence, mais j'ai pitié de la terreur. Ils n'ont pas lu comme moi les promesses de Dieu écrites dans les livres saints... Et en ce moment un oiseau aux vastes ailes passa au-dessus de leur tête, mais ce n'était pas encore un oiseau de terre ; leurs regards le suivirent un moment dans l'espace , il s'abattit bientôt sur

les vagues, et fit retentir l'air de sa voix
discordante, comme s'il avait voulu saluer
par ses cris prolongés ces nouveaux hôtes
de l'Océan.

Cette journée fut mémorable pour Colomb. Comme le soleil allait disparaître,
un rameau chargé de fruits frappa ses regards; Diego de Arana le lui apporta; ils
l'examinèrent avec une attention scrupu-
leuse. Jean d'Avallon avoua qu'il n'avait
rien vu de semblable sur les côtes de l'A-
frique, aucun navigateur ne sut dire d'où
il venait; et l'espérance s'attacha à ce rameau.

Le lendemain, Colomb venait de calcu-
ler la route qu'avait tenue le navire, et il
voyait avec joie qu'une immense étendue
de mer était déjà entre lui et l'Europe,
quand il monta sur le pont pour examiner, comme il le faisait sans cesse, quelle
était la direction du vent, et vers quel point
de l'horizon se dirigeait le vol des oiseaux;

quelles herbes marines étaient portées par
les flots autour du navire, et il s'arrêta,
contemplant le soleil, qui, après avoir
jeté ses feux dans l'espace, les répandait
sur l'Océan.

Un vent frais roulait vers le couchant
des nuages qui montaient à l'horizon en
s'amoncelant toujours. Un instant ces
dernières lueurs semblèrent mourir au
milieu de vapeurs sombres : on eût dit
que le soleil allait être voilé complètement.

Bientôt, comme l'éternelle Puissance
forçant le monde à sortir du chaos, il va
créant de ses rayons un monde imaginaire;
ici la mer, mais elle est d'or et ne roule
que des flots éclatans; plus loin le feu se
joue dans le feu, une sombre montagne s'en-
trouve; les yeux éblouis se détournent.
c'est le disque rouge du soleil qui paraît
encore; les nuages noirs se roulent devant
lui, et ses rayons s'élancent à leur sommet

comme les feux épars d'un volcan, et les
yeux se détournent encore de cette magnificence vers un lac sans fin coloré de feux
plus paisibles, sillonné par des lueurs qui
s'éteindront bientôt pour jaillir sur de mobiles rivages environnant une ville dorée
aux crénaux de pourpre et d'azur, aux
tours immenses baignées par les flots; ...
cette création éphémère étant achevée, il
semble qu'un dragon de flammes monte à
l'horizon pour la défendre; et ce fantôme
regarde vers l'occident, où des teintes
paisibles de gris, de lilas et d'azur font
rêver au repos; et puis tout a disparu dans
un champ d'or qui s'étend sous une arcade
de feu; et le champ d'or s'allume d'une
lumière plus ardente, et les reflets
qu'il envoie à la mer étincellent en éblouis-
sant.

Ravi, et comme sortant de l'extase, Colomb a tout oublié, et il ne voit que la magnificence du ciel : — Oui, oui, s'écrie-t-il,

c'est ici qu'il faut dire les paroles du
Psalmiste :

Cœli enarrant gloriam Dei !

Mais bientôt les nuages décolorés s'at-
tristent, l'horizon n'a plus qu'une lueur
sanglante,... et les matelots, debout sur le
tillac, regardaient dans le silence ce spectacle plein de grandeur et de mystères ;
on entendit Melgarejo.

—Ceci, dit-il à voix basse, ressemble aux
portes de l'Enfer, et il le faut bien, puisque
la terre ne paraît pas... Et comme au milieu
de ces dernières lueurs un nuage bizarre
se forma à l'horizon, une autre voix dit
plus haut : —Voyez donc, voyez la main
noire, la main de Satan qui sort des eaux,...
Jean d'Avallon, qui n'avait rien dit encore, se prit à sourire de l'air de persua-
sion avec lequel son compagnon venait
de faire part de cette observation nou-

velle; mais ce fut au scaudale de tous les matelots. —Vous ne vous trompez point, Pero Sanchez, cette main de Satan est comme celle que l'on trouve dans la vieille cosmographie du Seigneur Kaïzar, que je vous faisais voir hier pendant le quart de Gonzalo Diaz; mais si vous regardiez un peu plus attentivement, vous verriez que cette effroyable griffe toute velue va saisir la Nina, corps et bien, et qu'elle tordra le cou au Seigneur Pinzon pour en faire le déjeuner de Lucifer.

— Seigneur Français, dit le Castillan en faisant le signe de la croix, nous n'aimons guère ces sortes de plaisanteries que la Sainte Inquisition punit à terre, et qui font crier la tempête quand on est à bord. Vous ne serez peut-être pas si plaisant ce soir; car, d'un moment à l'autre, nous ne savons trop ce qui peut nous arriver, et l'Amiral a beau parler à Dieu en latin, le Diable lui répondra peut-être en castillan.

Et comme il achevait ces mots, le soleil
se coucha. L'obscurité, comme cela arrive
sous les Tropiques, vint tout-à-coup;
le vent lui-même cessa de souffler; les
vagues assouplies s'étendirent lentement,
et un spectacle qu'on voit souvent dans
ces parages acheva de troubler les imaginations. Comme tout était calme et
qu'aucune voix ne se faisait plus entendre dans l'espace, de longs sillons d'une
lumière bleuâtre traversèrent rapidement la plaine des eaux : c'étaient des
bonites qui se jouaient autour du navire,
et qui semblaient nager dans une mer de
feux azurés. Ici se dessinaient des cercles
aux flammes mobiles ; là un énorme re-
quin, qui nageait à la surface de la mer, formait comme un ruisseau de petites étoiles
lumineuses; quelquefois l'étoile était solitaire et s'éteignait tout-à-coup dans l'obscurité : les lumières devenaient plus vives,
puis tout disparaissait, et de nouveaux

habitans de la mer revenaient encore en
se jouant, et les clartés étaient plus vives
à mesure que la nuit s'avançait.

Ces phénomènes, si fréquens dans la
mer des Antilles, renouvelèrent leur magnificence, et ils effrayèrent jusquà ce
qu'on y fût accoutumé.

Quand on fut plus rapproché des tropiques, un nouveau spectacle s'offrit aux
navigateurs, il frappa les imaginations
déjà troublées, et la nature cependant
n'offrit aucun de ces phénomènes terribles qui signalent souvent l'approche de la
ligne équinoxiale, tels que les trombes,
les grands orages; elle se para seulement
de la splendeur habituelle qui l'anime
dans ces régions. Déjà la surface des eaux
était plus variée, parceque le ciel était
plus riche; la vague, en se courbant mollement, laissait voir des milliers de mol-
lusques à conque bleue et rose, qu'on
eût pris pour des fleurs dont un vent frais

avait parsemé l'Océan, et puis tout-à-
coup, au milieu de ces fleurs des mers,
un poisson argenté sillonnait l'air de ses
ailes transparentes, et retombait bientôt
dans les flots paisibles, sentinelle avancée
d'une troupe nombreuse qui quittait les
eaux comme un nuage lumineux, pour
s'éteindre bientôt dans les vagues.

Là des dorades aux écailles d'azur et d'or
se jouent en les poursuivant, l'oiseau des
Tropiques se balance incessamment au-
dessus d'elles, et il tourne aux rayons du
soleil avant de se reposer sur les flots;
la frégate aux ailes noires plane au-dessus des navires; ses ailes errantes s'ar-
rêtent tout-à-coup, elle semble immobile
dans l'espace, et voyez, la pierre est moins
rapide; l'aile a touché les flots, la flèche
qui part est moins prompte, l'oiseau re-
tourne vers les nuages; et il emporte sa
proie dans ces grandes plaines de l'air, où
le poisson scintille comme un diamant...

Le milieu du jour est arrivé : toute créature repose ; le poisson dans les mers, l'oiseau sur les flots paisibles, tout-à-coup la mer s'ouvre encore, une masse énorme a paru dans l'air, et elle est retombée, et l'écume a jailli ; c'est la baleine des Tropiques qui bondit au milieu des grandes vagues de l'Océan aussi joyeusement que le poisson argenté de nos lacs se joue dans ses eaux tranquilles entourées de verdure ; mais ici il n'y a point de rivage connu.

Ce fut le 15 septembre, à la suite d'une de ces belles journées, qu'une terre imaginaire se dessina tout-à-coup à l'horizon, et qu'une voix partie de la pinta annonça la vue de ce monde qu'on cherchait : et de toutes parts il y eut des cris de joie ; l'Amiral se prosterna, les prières de l'équipage se mêlèrent à ses prières ferventes ; mais le vent du soir balaya cette terre fantastisque qu'il avait créée quelques heures auparavant.

Et les matelots murmurèrent plus tristement sous cette grande voûte du ciel qui couvrait, en leur imagination, une mer sans fin.

Mais quelques jours après ce fut une autre joie et une autre terreur ; une plante des mers que les matelots n'avaient pas vue en Europe, qui vogue quelquefois solitaire, mais qui forme quelquefois aussi de petites îles flottantes d'une couleur triste et livide, le raisin des Tropiques, se montra tout-à-coup dans ces eaux ; il fit espérer encore le voisinage de la terre ; puis bientôt ces petites îles flottantes, jouet des vagues, s'amoncelèrent, et elles semblaient former un grand champ solitaire que labouraient les navires sans jamais laisser de sillon ; d'autres fois les tiges dispersées de cette plante marine formaient comme un immense réseau jeté sur les vagues.

Et une voix de matelot s'écria: — Juan Perez, regarde donc le grand filet de l'Enfer; ne dirait-on pas que Satan veut nous pêcher tous du même coup?

— Encore passé s'il ne prenait que le Génois, reprit à voix basse celui auquel il s'adressait; mais des Espagnols qui ne se souciaient pas de tenter Dieu!...

— Vois donc, Juan, ces grandes herbes sans fin; ce sont, je crois, les prés du Diable, où nous mène l'Amiral... Et ils allaient ainsi, injuriant Colomb entre eux; mais presque toujours baissant la voix quand il passait. Le génie les subjuguait encore.

Et après ces plantes vint de nouveau un petit rameau chargé de fruits verts; il y eut encore un instant d'espérance, mais faible comme ce frêle rameau. Colomb en fut tout ranimé, et ils restèrent quelques heures sans faire entendre de murmures, et puis les cris de découragement recommencèrent, et cependant Colomb ne leur demandait plus que trois jours...

CHAPITRE VI.

Samedi 12 octobre.

La mer était houleuse, et l'on gardait depuis quelques heures un profond silence. Les émeutes se font souvent durant la nuit; mais la nuit peut aussi les calmer, surtout quand on est en mer, et que son mystère s'unit au grondement des vagues. L'imagination la plus ardente prend alors un caractère recueilli; elle ne s'apaise pas complètement, mais elle s'élève, interroge l'espace, semble chercher des pensées religieuses en harmonie avec l'auguste spectacle qui frappe les regards.

Cela est si vrai, que les matelots chantent rarement durant la nuit, et qu'ils parcourent le pont d'un pas grave en cherchant la solitude sur cet espace resserré.

Il était dix heures du soir : tout était donc dans un repos apparent ,... l'on n'entendait que le sillage du navire, auquel se mêlait le murmure lent et prolongé des prières...

Seulement et par intervalle les noms de l'Espagne et de San-Iago, qui s'élevaient de temps à autre au milieu de ces voix, faisaient comprendre à Colomb quelle journée l'attendait... Il se promenait sur le pont ; ses bras étaient croisés, tantôt ses regards étaient fixés vers le ciel, tantôt il les portait vers l'horizon ; il gardait un profond silence ; mais ce silence c'était la prière de son cœur, et elle était bien éloquente, quoique muette, cette oraison du courage, de la force, de la volonté.

Et il y avait déjà quelque temps qu'il re-

gardait vers l'Est, sans but déterminé,
mais non pas sans espoir, quand il crut
apercevoir à l'horizon une faible lumière ;
elle disparut avec le balancement du
navire :... il ne sut pas d'abord si c'était
une de ces lueurs qui voltigent au-dessus des flots , un de ces phosphores éclatans qui paraissent au-dessus de la vague, et qui s'évanouissent avec elle ; mais
la lumière parut encore, elle était plus
rouge que les étincelles de la mer , plus
stable que ces flammes errantes qui ne
cessent de se balancer. Colomb frotta ses
paupières d'un mouvement rapide, comme
s'il eût craint que cette vision lumineuse
ne fût un songe , ou comme si il eût voulu
chasser ces feux fantastiques qu'un sang
trop ardent fait voltiger devant les yeux ;
il regarda encore, et le point lumineux
ne cessait point de briller comme une
rouge étoile au milieu de la nuit ;...
seulement elle paraissait et disparaissait

tour-à tour avec les mouvemens du vaisseau : et l'homme ferme qui savait conte-
nir les émeutes, apaiser les clameurs, ne
fut pas maître du premier mouvement
d'enthousiasme que donne la gloire conquise.

Un rapide frémissement parcourut
tous ses membres; le sang se porta avec
violence vers son cœur;... ce cœur qui
était si calme dans le danger, battait avec
une incroyable vitesse; cette voix qui
commandait avec tant d'empire, était
retenue avec violence, et ne pouvait s'é-
chapper;... toute cette agitation chez un
homme, au milieu d'une nuit profonde,
venait de ce qu'il avait senti comme une
main puissante imprimant sur son front
le sceau de l'immortalité.

Et il put parler enfin, et d'une voix
entrecoupée on l'entendit répéter au milieu du silence : — Guttierez, Guttierez,
Diego de Arana, Rodrigo Sanchez, venez!

Mais la voix insolente d'un matelot répondit : — Le Seigneur Rodrigo prie comme nous ; Don Guttierez dort : l'un demande l'Espagne, l'autre rêve à Séville ;... pour moi, peu m'importent les rêves des fous.

Et l'Amiral réprima un mouvement de colère : tout le voyage avait été une école de patience. Il comprit que le secret qu'il lisait à l'horizon était trop important pour être tout-à-coup révélé à l'équipage ; il ne répondit rien au matelot, et tout retomba dans le silence.

Et quand Colomb porta ses regards vers l'Est, il n'aperçut plus de lumière : un froid mortel le saisit ; il s'applaudit de ne pas avoir parlé davantage,...il tourna ses yeux vers le ciel avec une douloureuse expression , comme s'il eût demandé compte à Dieu de ses anxiétés, du découragement qui succédait sans cesse à l'espoir ; et la voix qu'il croyait souvent en-

tendre lui dit : — Je ne t'ai point trompé ;
et comme il abaissait ses regards, il vit
encore la lueur qui perçait de sa lumière
rouge l'obscurité de l'horizon.

Et bientôt il alla lui-même vers Guttierez et Rodrigo Sanchez, qui étaient en
ce moment sur l'avant du navire. Rodrigo Sanchez, comme l'avait dit le matelot, priait avec ferveur, et Guttierez
dormait. L'Amiral s'avança vers celui qui
était en prières : — Don Rodrigo, lui
dit-il d'un ton de voix où se mêlait l'enthousiasme religieux et le calme d'une
âme forte, Rodrigo Sanchez, priez Dieu
maintenant pour qu'il nous accorde la
conversion des infidèles. La terre est devant nous, quoique nous ne la voyions
pas.... — Guttierez, réveillez-vous. Les promesses du Seigneur sont accomplies. Isaïe
a dit vrai : un monde plus lointain que l'É-
thiopie est découvert ! Et après avoir révélé
la grande pensée qui l'agitait, cette âme

ardente et religieuse n'eut plus qu'une idée, ce fut celle de Dieu ; il tomba à genoux, éleva les yeux vers le ciel, et murmurant un psaume à voix basse, il glorifia le Seigneur. La plus grande découverte des temps chrétiens venait d'être accomplie.

Le voyant prier, les deux Castillans priaient avec lui ; mais ils ne le comprenaient pas encore. Après un moment de recueillement, Colomb sentit d'où venait le silence des deux Espagnols ; il saisit la main de Guttierez et lui fit voir le point lumineux dont le faible scintillement traversait l'espace pour annoncer aux hommes un monde, comme une étoile du ciel avait autrefois annoncé un Dieu aux Mages errans.

Mais en le leur montrant, Colomb, plein de calme, leur demandait le silence, et ce fut en silence qu'il fut pressé sur leur sein.

Soit que le scintillement se fût affaibli, soit que la vue de Rodrigo Sanchez fût moins exercée que celles de ses compagnons, il ne put voir la lumière ; mais il fut le premier à leur faire remarquer cette odeur marécageuse, fraîche et pénétrante, qui indique l'approche des côtes.

Ainsi donc, ce vent qui traversait la mer murmurait pour eux : La terre est là ! il les enivrait d'une joie dont ils n'étaient pas maîtres ; ... plus ils approchaient du terme désiré, plus le mystère qui allait être dévoilé excitait leur enthousiasme et leur inquiète curiosité. — Voilà donc enfin ce Grand Cathai tant désiré ! disait l'Amiral avec une rapidité d'expression qui ne lui était pas habituelle. Marco-Polo ne nous a pas trompés, ... il s'est trompé lui-même en disant que ce pays est rapproché de Madère. Les villes y sont nombreuses, les palais magnifiques comme ceux de Gênes, les habitans peu courtois et fort belliqueux, ajouta-t-il ; mais ils ont de l'or, de l'or et des perles,

et votre épée de Milan fera son devoir,
Seigneur Guttierez. Et il dit ces derniers
mots en souriant, car le Seigneur Guttierez n'avait pas coutume d'entendre
vanter sa bravoure : cet honnête tapis-
sier du Roi regardait une épée milanaise comme un meuble fort beau tant
qu'elle ne sortait pas du fourreau, et
qu'un gentilhomme pouvait caresser pai-
siblement sa poignée damasquinée; mais
comme si le vent de terre lui eût causé
une sorte d'exaltation qu'il n'avait jamais
sentie, il répondit d'un ton de voix assez
ferme : — Seigneur Amiral, car je puis
maintenant vous donner ce nom; Seigneur Amiral, si ces peuples sont belliqueux, le Christ les domptera.

— Belle parole, belle parole, Seigneur
Guttierez, dit Colomb d'un air plus grave,
et comme s'il se fût repenti de la seule
plaisanterie qui lui eût échappé depuis
bien des années.

Mais Rodrigo Sanchez, qui ne pouvait imaginer qu'un homme eût jamais senti la moindre idée de terreur, releva avec beaucoup de sang-froid sa moustache, et dit: — Je suis aussi bon Chrétien qu'un gentilhomme Castillan puisse l'être, mais dans ces sortes d'occasions l'épée milanaise ne peut être inutile ; Dieu laissa bien combattre Gédéon. Au surplus, Maître Guttierez, je vous vends d'avance ma part de l'or et des perles qui me reviendront à la fin du voyage, et ceci n'est pas à dédaigner, dit-il en relevant encore sa moustache: je fis le même marché devant Grenade avec un Juif qui me donna d'avance deux mille ducats, et à qui le Grand Capitaine voulait que je donnasse deux mille coups de sabre. Je ne me réserve qu'une escarboucle, ajouta-t-il d'un air de mystère qui contrastait avec son regard franc et plein d'ardeur.

— Je suis venu à Zipangu pour faire

les affaires des deux Rois, dit Guttierez
en prenant cet air d'importance un peu
grotesque que ne manquent pas d'avoir
les gens de finance quand on semble mé-
connaître leur dignité; Seigneur Rodrigo
Sanchez de Ségovie, par affection pour
vous et pour le grand Capitaine, je vous
donnerai des conseils, mais je ne vous
achèterai rien ; il faut que Doña Medina ait
des preuves éclatantes de son bon choix...
Ces dernières paroles avaient été pronon-
cées avec une sorte de gaieté malicieuse;
mais Rodrigo n'était pas disposé à les en-
durer ; car c'était l'homme le moins enclin
à croire qu'on pût soupçonner un vieux
soldat comme lui de quelque attachement,
quoique, dans sa franche et rude admiration, il fît tout ce qu'il fallait faire pour
être compris des moins adroits. Cette fois,
au lieu de relever sa moustache, il avait
froncé le sourcil, ses yeux noirs s'étaient
animés. L'Amiral, qui redoutait en ce

moment toute espèce d'orage, l'avait
saisi par le bras, lorsqu'un oiseau qui
venait évidemment de la terre s'abattit
sur les vergues : — Seigneur, Seigneur,
voici encore un messager de la terre ; que
ce soit un messager de paix, dit Colomb, et
d'une voix ferme qui traversa l'espace,
il ordonna de gouverner un peu à l'est ;
puis il ajouta à voix basse : — Quelques
psaumes n'occuperaient-ils pas mieux en
ce moment de vieux Chrétiens que les paroles futiles dont nous fatiguons Dieu, qui
entend tout ? Guttierez se rendit promptement à cet avis, car il savait que Rodrigo
Sanchez s'apaisait aisément quand on pouvait lui laisser le temps de réfléchir ; et
profitant du sage avis que lui donnait l'A-
miral, il dit d'abord en silence trois *Ave*,
et il y ajouta ce verset du psaume 103 :

Grande récréation m'avez donnée, Seigneur,
par vos œuvres, et je ne cesserai de me réjouir en
la contemplation des œuvres de vos mains.

2.   4.

Mais Rodrigo, qui n'avait pu entièrement s'apaiser, ajouta d'un ton brusque,
—Oui, pourvu qu'il en reste quelque chose
dans les siennes... Cependant le verset du
psaume revint à sa mémoire, et il dit :
— Oh ! combien les œuvres du Seigneur
sont agrandies et accrues! On voit bien que
toutes sont sorties de son savoir... Et ils
continuèrent quelque temps ainsi. Ces dernières paroles, sorties de la bouche d'un
brave, semblèrent à Colomb une voix
venue du ciel. Il n'écoutait plus ce que
disait sur l'avant du navire une foule
de matelots qui prononçaient cependant
son nom, une sainte extase remplissait
son âme; il ne s'apercevait même pas que la
lueur incertaine de la lune commençait
à combattre les ténèbres, quand un effroyable tumulte se fit entendre; mais
tout ce bruit semblait partir de l'entre-
pont; on eût dit qu'une troupe de démons hurlait dans cette caverne ténébreuse;

d'autres voix leur répondaient à l'extérieur.... On venait de découvrir une voie d'eau, et la rage de l'équipage s'était encore accrue : — A la mer le Génois ! s'écriait-on ; à l'eau le Génois, avec son astrolabe, ses cartes marines et ses idées de Satan ! — L'Espagne ! l'Espagne ! Un pèlerinage à Saint-Jacques, et à Notre-Dame d'Atocha ! — Le Génois, le Génois, qu'il meure ! Les trois jours qu'il a demandés sont passés ! Et ceux qui étaient sur le pont s'étaient déjà rassemblés en un groupe menaçant ; on entendait : — Après les trois jours, la mort ! Mais au milieu de ces murmures et de ces clameurs, une voix plus éclatante s'élevait encore, et c'était celle de Kaïzar, qui s'avançait ayant à la main son cimeterre, dont il menaçait les mutins : — Pas une heure pour vous, si vous ne rentrez dans le silence.... Dieu est puissant, et mon bras est fort. Et il était aisé de lire

dans ses regards qu'une prompte décision
allait suivre sa promesse. Au premier cri
de la révolte, Colomb s'était emparé du
gouvernail, car le timonier l'avait abandonné ; Guttierez continua à prier au milieu de l'effroyable tumulte ; mais Rodrigo
s'avança, et il dit d'un ton de voix à la
fois ferme et brusque : — Les trois jours
ne sont pas accomplis. Et une voix insolente continua : — Le Génois a menti ! la
Reine a été trompée ! L'Espagne ! l'Espagne !... Rodrigo lui asséna un coup terrible
qui le fit tomber au milieu de ses compagnons ; et il ajouta avec un éclat de rire
qui fit frémir tout l'équipage : — Je te relève de la promesse : profite-s-en si tu le
peux... Mais ce coup terrible, mais les regards menaçans d'Ismael n'arrêtèrent pas
encore les révoltés.

Et Colomb, qui tenait le timon, gou-
vernait vers la terre ; il leur criait : — Par
le sang de Jésus ! avant une heure, vous

dis-je, vous verrez la terre! Sa voix était couverte par la clameur... En vain les deux officiers à qui il avait confié son secret criaient-ils qu'une lumière avait été vue, les matelots répondaient par des imprécations, en s'appelant entre eux.

Ismael, Rodrigo et Diego de Arana faisaient toujours bonne contenance; ils s'élançaient au-devant d'eux, quand Jean d'Avallon, qui était allé dormir depuis quelques heures dans les hunes, se réveilla à ce tumulte; il jeta un prompt regard sur le pont, et voyant Kaïzar qu'on commençait à environner en vociférant mille imprécations, il tira sa dague, descendit par les haubans, et d'un saut impétueux s'élança au milieu des mutins, en criant: — Par Notre-Dame de Paris! les joueurs ici ne manqueront pas au jeu de la dague... Son apparition subite et son air intrépide avaient jeté les marins dans l'étonnement; mais bientôt les cris recom-

mencèrent : le nom d'Ismael et celui du
Français se joignaient dans les vociféra-
tions au nom de l'Amiral. Un matelot
s'était déjà avancé vers Kaïzar en lui
criant de rendre son alfange, ou qu'un
coup d'escopette le lui ferait lâcher. Par
un mouvement rapide, Jean d'Avallon se
trouva près du Maure; et il s'écria : —
Notre-Dame! quiconque touchera le Mau-
risque sentira cette pointe de Milan, et je
le ferai bramer en son sang comme un
taureau... Pero Perez s'élança alors vers lui
en fureur, hurlant et blasphémant à la
fois, et il voulut lui porter un coup qu'a-
vec toute son agilité le Français n'aurait
pu éviter. Emporté par la colère qu'il
avait long-temps comprimée, Colomb s'a-
vança alors. Des gens de l'équipage sor-
taient de l'entre-pont avec un visage où se
peignaient la colère et l'effroi; tous ces
hommes se réunissaient au groupe en vo-
missant de nouvelles imprécations. Qui

les eût vu alors, faiblement éclairés par
la lune, s'interrogeant quelquefois avec
anxiété, et élevant la voix avec fureur,
eût eu une juste idée du moment où
les démons blasphémèrent pour la première fois contre l'éternelle Puissance qui
les contenait encore, mais qu'ils bravaient.
—Que maudite soit la mère qui l'enfanta!...
disaient - ils. — Gênes et la peste!... A
Palos! à Palos!... Les deux caravelles sont
si près, qu'on peut leur crier de jeter à la
mer les damnés frères Pinzon!... Saint Nicolas, sauvez les Castillans!... A la mer
le Maure! Mais ce dernier mot fut prononcé à voix basse, car Ismael tenait encore son cimeterre.

—L'insolent n'écoute point!... Génois,
gouverne vers l'Espagne... Ils voulurent
courir plusieurs à la manœuvre pour faire
virer de bord. Colomb s'avançait vers les
plus insolens avec des yeux pleins de fureur, quand un coup de canon retentit

dans l'espace, quand une voix entrecoupée partit des haubans de la Pinta, criant : — Terre! terre! Et c'est Rodrigo de Triana qui l'annonce... Dix mille maravedis de rente, et vive l'Amiral!

Il y eut un moment de silence...—Et vive l'Amiral! répétèrent les voix réunies. L'on entendit jusque dans l'entre-pont ce cri de triomphe qui remplaçait les impré-cations.

Et calme dans sa gloire, il disait : — Gloire à Dieu!

Maintenant, ils tombent à ses pieds ;... ils baisent ses mains, ils hurlent de joie comme ils hurlaient de fureur; ils pres-sent, ils environnent celui qu'ils vou-laient lancer aux vagues ; ils le regardent avec des yeux surpris, comme si c'était un autre homme; ils lui demandent pardon, comme s'il avait leurs passions basses; et puis ils baisent encore ses mains, ils se prosternent jusqu'à ses pieds; d'autres, plus fiers , de vrais Castillans, lui donnent la main , et un regard le remercie. Ceux-là ont soif de l'or; les autres , comme Colomb, c'est la gloire qui les dévore.

Oh ! quel moment que celui où les sons entrecoupés du porte - voix proclamèrent encore dans l'espace la découverte de la terre ! un vaisseau le dit à l'autre vaisseau, et leurs mâts, comme des arbres chargés de fleurs, se parèrent de mille couleurs de fêtes.

Christophe Colomb remerciait ses braves officiers, embrassait tour à tour le Français et le Maure, que personne alors ne songeait plus à insulter; car tout le monde en ce moment s'élançait dans les hunes et jusque sur les vergues des mâts de perroquet pour voir les côtes, qui se dessinaient visiblement; c'était un vendredi : il était deux heures du matin, et l'on marchait toujours avec une brise favorable.

—

CHAPITRE VII.

La terre. — Les propos des matelots.

Enfin la terre était là, comme une grande ligne noire à l'horizon : malgré l'obscurité de la nuit, nul doute ne pouvait exister, la terre était bien devant eux.

Le timonier avait repris son poste, et la Santa-Maria, ses voiles au vent, marchait gaiement vers le port, aux cris joyeux des matelots. Mais quand on fut à quelques milles de la côte, la voix de l'Amiral se fit entendre de nouveau au milieu de ce bruyant tumulte.

— Ferlez toutes les voiles; en panne

jusqu'au jour... Et les caravelles s'arrêtèrent comme trois oiseaux de mer qui se
reposent devant le rivage après s'être joués
sur les flots.

Et alors les imaginations n'eurent plus
aucun repos. Dans leur agitation, les
officiers, mêlés aux matelots, garnissaient
les haubans, et jetaient de longs regards
sur ces masses obscures qui étaient devant
eux.

Ismael s'était retiré sur l'avant, où il n'y
avait personne; quand il eut respiré l'o-
deur marécageuse qui venait de la terre,
quand il eut entendu le vagissement des
vagues s'engouffrant sous les rochers ou
se brisant sur la plage, il se sentit fortement
ému de ce bruit et de cette odeur d'une
terre mystérieuse; il lui semblait que mille
Djins aux ailes noires devaient se battre
dans l'air, et que ce bruit rauque des flots
était le rire infernal des Goules criant au
fond des cavernes; et alors, pour braver

ces fantômes, il récita les sept attributs de
la Divinité, en disant :

— Il n'y a d'autre Dieu que Dieu ! O Dieu !
ô lui ! ô Véritable ! ô toi qui vis ! ô toi qui
subsistes ! ô Vengeur (1)... Et rassuré par
cette simple prière, des idées plus douces
venaient caresser son imagination. Tout-à-
coup une brise de terre se mêla au parfum pénétrant des flots : ce vent frais venait de passer sur les forêts en fleurs et
dispersait maintenant leur odeur embaumée.

Ravi alors, Kaïzar crut un instant respirer le parfum de l'immense tuba, qui
ne croît qu'au Paradis ; et comme les arbres grondaient doucement sous la brise,
il lui sembla un moment que ces voix de
la forêt étaient celles de mille Péris aux
ailes bleues qui se jouaient en riant dans

(1) Les Musulmans regardent ces mots comme l'em-
blème des sept Cieux et des sept Lumières. *Voy.* Rey-
naud. *Description des mon. musulmans.*

les airs, et il ne put s'empêcher de s'écrier
avec ferveur: — Que le nom de Mahomet
reluise depuis la première origine des
choses jusqu'à l'éternité !

Mais pendant qu'il était à l'écart, plongé
dans ses réflexions, Colomb s'était retiré
dans la dunette pour examiner ses cartes
marines avec les pilotes ; les matelots formaient plusieurs groupes. C'était un bruit
étrange que ce murmure de voix confuses
qu'on entendait sur le pont au milieu
d'une mystérieuse obscurité que le feu
des torches qu'on avait allumées sur l'arrière du navire ne dissipait qu'à une faible
distance.

Cette vague lumière, emprisonnée dans
les ténèbres, éclairait des physionomies
aussi extraordinaires que les discours qu'on
entendait : on voyait sur tous ces visages
une inquiète curiosité, la terreur mal dé-
guisée, puis une sorte d'orgueil d'assister à
ce grand évènement qu'un seul homme

avait prévu, auquel tout le monde s'op-
posait, et que tous, dès ce moment, se
vantaient avec une ridicule jactance d'a-
voir aidé.

C'était donc mille cris confus, mille
éclats d'une joie immodérée, des chants,
des oraisons, des voix qui s'interpellaient,
des questions qu'on s'adressait en désordre, des paroles bizarres de crainte, d'é-
tranges explications de ce qu'on allait voir;
et toutes ces voix éclatantes ressemblaient
aux cris des oiseaux de rivage sur quelque grève déserte.

— Eh bien! Pedro Perez, nous y voilà
chez ce fameux prêtre Jean; mais ce n'est
pas faute d'avoir travaillé, et nous devons
un beau cierge à saint Antoine. C'était
moi qui tenais le timon cette nuit, et, ma
foi! demain vous verrez Cambalu.... Zipangu, ou je ne suis qu'un sot.

— Vos enfans seront quelque jour ducs
ou marquis, Mengo, répondait en riant

Jean d'Avallon à ce brave matelot qui se croyait pour quelque chose dans la découverte; à moins cependant que ces géants que j'aperçois là-bas, et qui sont aussi hauts que la tour de Séville, ne fassent de vous leur déjeuné demain, mon brave.

— Par mon saint Patron! vous aimez toujours à rire, Seigneur Français; mais vous pourriez mieux choisir vos joyeusetés: on ne sait pas encore à qui l'on aura affaire, et il est inutile de parler mal des gens qu'on ne connaît pas.

— Notre-Dame-de-Lorette! Pablo, j'aperçois le clocher de leur église... Belle cathédrale, ma foi!

— Et ne sais-tu pas, misérable, qu'ils sont païens, et que nous allons pour les convertir?

— Barrual, Barrual, voyez donc ce grand bâtiment à gauche; c'est sans doute le palais du grand Kan de Tartarie, et il res-

semble comme deux gouttes de lait à l'Al-
cazar de Séville.

— Il fait un peu nuit, Gomes, pour
voir toutes ces merveilles; mais j'entends
distinctement les cris de ces païens, qui
regardent nos caravelles.

— Pourvu que ce ne soient pas quelques légions de Diables qui rient de ce
que nous sommes venus les chercher de
si loin pour nous faire rompre les os et
rôtir au grand feu d'Enfer!

— Et n'entendez-vous pas, bélîtres, que
ce sont des mouettes qui crient en voyant
la lumière!

— Plaise à Dieu que l'Amiral n'ait pas
fait un pacte avec Satan, et que ce soit
une vraie terre!... Je n'aime pas à le voir
regarder si long-temps en son grimoire,
comme il le fait actuellement dans la dunette avec les officiers du Roi.

— Tais-toi, tais-toi, Ruy Dias. On dit
qu'il a la permission de nous faire tous

marquis; et s'il t'entendait, tu ne serais peut-être toute ta vie qu'un misérable matelot.

—Regardez donc sur la gauche, là-bas, entre ces deux masses noires : ne dirait-on pas un équipage qui passe, traîné par douze mules caparaçonnées d'écarlate?

—Mon pauvre Mengo, tu as perdu la tête: c'est un petit canot qui a filé devant nous, et qui conduit un de nos officiers à bord de la Pinta.

— Dis donc, Pablo, toi qui voulais te marier, il faut épouser la fille du grand Kan ; tu auras cent vingt gentilshommes à tes noces, sans compter les mousses, qui ne sont qu'écuyers.

—Eh! pourquoi pas, Juan Rebulso ? Ce ne serait pas la première fois qu'on aurait vu un brave épouser une fille de Roi. Et il allait raconter une belle histoire sur ce sujet, quand l'un des écrivains de la flotte passa.

— Seigneur Diego, vous qui êtes plus docte que Juan de la Enzina, qui n'avez autre occupation à bord que de lire en vos registres, dites-nous donc ce que nous allons voir, reprit Jean d'A-vallon.

Et Diego de Escobar, prenant un air capable, reprit : — Il vaudrait mieux demander ces choses-là au Seigneur Amiral; mais l'île de Zipangu ou Zipango, que nous avons probablement devant les yeux, mes enfans, est une terre fort odoriférante, comme vous le pouvez fort bien sentir par cette brise qui nous apporte autant d'odeur qu'on en peut respirer en une boutique de parfumeur de Valladolid. Les épices y croissent comme le gland sur nos chênes, et l'on y trouve, selon les nouvelles cosmographies arabes, des diamans aussi gros que des œufs de pigeon; et, à vous dire la vérité, je suis venu en grande partie pour assurer les droits de

Leurs Altesses sur toutes ces choses pré-
cieuses. Quant aux habitans, ils ont des
mœurs fort douces, sont vêtus d'or et de
soie, et accueillent fort bien les étrangers. Il n'y a qu'une chose qui les rend
très difformes : c'est qu'ils n'ont point la
tête séparée du corps, et que leurs yeux
sont à leurs épaules. Saint Isidore dit qu'il
y a en ces terres brûlantes des fourmis blanches grosses comme des chiens, et qu'elles
gardent soigneusement les grains d'or
qu'elles trouvent dans le sable ; mais le fait
n'est pas aussi sûr que tout ce que je viens
de vous dire. Marco-Polo a rapporté de ce
pays des tonnes d'or; et, vive Dieu! nul de
nous, je pense, ne manquera désormais
de vaisselle d'argent et de mules richement
caparaçonnées.

Et les matelots, rassemblés autour du
conteur, l'écoutaient avec une inquiète
avidité, quand on vit plusieurs feux à
terre, qui, sans dissiper l'obscurité, éten-

daient dans les airs, avec leurs lueurs rou-
geâtres, le champ de ces merveilleuses
conjectures.

— Et qui vous dit, reprenait une voix
de pilote, que nous sommes près de Zipangu, et non pas devant cette île Borondon qui marche toujours, et où vit un
terrible géant enfermé dans une tour de
cristal ? Qui vous dit que nous ne sommes
pas dans le pays où, selon le grand Marco-
Polo, dont il était question tout à l'heure, le
ruch enlève les éléphans dans ses serres
comme un épervier emporte un oison ? et
que ferons-nous si nous voyons ces ser-
pens longs de cent cinq pieds, dont parle
le Seigneur Élien, en ajoutant que leurs
yeux étaient ronds, et larges comme des
boucliers ?

— Saint Jacques ! saint Jacques ! Dieu
nous garde de semblable rencontre ! répétaient presque en même temps tous les
matelots.

— Et que direz-vous encore, si vous voyez certains oiseaux qui avalent le fer comme nos poules avalent le grain, et qui sont capables de dévorer un homme couvert de sa jacque d'armes ou de sa cuirasse? Je vous demande ce que nous ferions devant ces hommes de douze coudées de haut dont parle le Seigneur Alboulvalid, et qui, d'après les chroniques d'Orient, ont une face de crocodile, des yeux de feu et une longue queue de serpent armée de mille pointes, qu'ils dressent en guise de masse d'armes, s'en jouant comme l'éléphant se joue de sa trompe, pour abattre ainsi des armées aussi facilement que le vent courbe des roseaux!

— Sainte Marie! dit d'une voix tremblante le timonier, ne faudrait-il pas mieux profiter de ce petit vent frais qui souffle maintenant de terre, et gagner le large, que de rester ici? Par Notre-Dame del Pilar! ce que nous aurions de mieux à faire, ce serait de nous confesser les uns aux autres.

Et on était retombé dans le silence, et un lent murmure de crainte avait remplacé les paroles joyeuses...

— Et ne sentez-vous pas, dit Jean d'Avallon, ne sentez-vous pas, en respirant cette fraîche brise de terre, qu'où le joyeux zéphyr souffle de cette façon il ne peut y avoir de tels monstres? Et qui sait si, au lieu de ces dragons et de ces effroyables géants, vous ne trouverez pas rangés sur la côte, comme dans ce bon pays de Bourgogne, de beaux muids bien cerclés et renfermant une liqueur vermeille qui nous mettra tous en joie? Par Notre-Dame! le soleil ne va pas tarder à poindre, et peut-être nous réserve-t-il quelque réconfort en dardant ses rayons sur ces coteaux.

Et le silence cessa, et mille propos se firent entendre de nouveau. Mais il était aisé de voir que les contes du pilote avaient autant d'influence que ceux de Diego de Escobar; et que la terreur était aussi grande que la joie. Colomb parut.

Ici son génie était sans pouvoir; et celui qui avait conduit à travers des mers inconnues tous ces hommes, jouets de leurs pensées bizarres, contemplait comme eux, dans le doute, la terre qu'il avait devant lui.

Mais au lever de l'aurore, quand le soleil lança ses premiers rayons, que des vapeurs légères, s'élevant par degrés, se groupèrent au sommet des roches et laissèrent entrevoir le paysage, il n'y eut qu'un cri d'admiration. Dans leur enthousiasme, les navigateurs croyaient avoir découvert la terre heureuse habitée par le premier homme. Bientôt le soleil, qui dans ces climats ardens lance rapidement sa lumière, dissipa tout-à-coup l'ombre de ce crépuscule d'un instant. Il dora les

pitons des rochers et le sommet des forêts qui se prolongeaient au loin. Il ré-
pandit sa lumière éblouissante, mais encore
incertaine, sur les plaines qui s'éten-
daient jusqu'au rivage, et découvrit mille
merveilles d'une nature pleine de splendeur.

Ici les cocotiers semblaient saluer l'astre
du jour en inclinant leurs palmes frémis-
santes, les jemroses dressaient avec orgueil
leurs aigrettes d'argent, les bananiers balançaient mollement leurs larges feuilles
que le zéphyr avait respectées; le sable
voisin des eaux et tout éclatant de la verdure de l'ipomœa, laissait voir ses fleurs
de pourpre qui cherchaient à se dérober à
la première rosée écumeuse jaillissant des
flots de l'Océan. A ces fleurs se mêlaient aussi
le pourpre du guara et le rose mourant de
la spatule. L'air étincelait du scintillement
de quelques oiseaux au plumage doré;
mais après avoir étalé quelques instans

leurs ailes sur les fleurs du rivage, ils regagnaient leur véritable patrie, et s'élançaient vers les bois frais qui entouraient un grand lac.

—Terre heureuse! s'écria Ismael en pressant Colomb contre son cœur, je te salue; voilà celui qui fait ses conquêtes sans répandre de sang, et l'homme fort par la pensée.

Cependant, après le premier mouvement d'enthousiasme produit par une scène à la fois gracieuse et imposante de la nature à laquelle les matelots ne s'étaient pas attendus, il fut aisé de lire sur tous les visages une sorte de désappointement. On espérait voir la grève couverte de peuple, et le rivage était désert; au lieu de dômes aux minarets dorés, de remparts entourant une ville, on n'apercevait que de grands arbres formant au loin des voûtes solitaires que perçait par intervalles la tige droite et isolée d'un palmier; mais

2. 5.

rien n'annonçait ces étranges merveilles
qui troublaient les imaginations ou qui
d'avance les avaient enchantées,

CHAPITRE VIII.

La prise de possession.

A huit heures l'Amiral songea à prendre possession, d'une manière solennelle, de cette terre qui allait si complètement changer de destinée.

Les navires furent pavoisés, les barques mises à la mer; les hommes d'armes étaient revêtus de leur armure, les matelots avaient mis leurs habits de fête. L'Amiral était habillé d'écarlate, il portait sa grande chaîne d'or, et, pour la première fois de sa vie, mettait quelque prix à cette magnificence. Il débarqua au son des dulçaynas et des hautbois. Alors, s'emparant de la bannière royale, qui habituellement était gardée avec un soin presque religieux et comme une sorte de palladium auquel on croyait attaché le succès de l'expédition, il se fit suivre par les deux Capitaines portant chacun une bannière ; sur ces bannières on avait brodé un Y et un F surmontés d'une couronne, et séparés par une croix verte.

Et ayant choisi une place convenable sur le rivage, l'Amiral fit venir les deux frères Pinzon ; puis il éleva la voix, et dit : —Rodrigo d'Escovedo, écrivain de la flotte de Mes Seigneurs, vous, Rodrigo Sanchez de Ségovie, je vous appelle en foi et témoignage que je prends possession de cette contrée pour le Roi et la Reine de Castille et d'Aragon.

Et la multitude ayant répondu par ses cris de joie, il agita l'étendard royal en demandant le serment qui lui était dû comme

Amiral de la mer Océane et Vice-Roi des Indes.

Et cette cérémonie étant terminée, il prononça cette prière si noble qu'il avait sans doute composée pour le jour solennel où il verrait la terre:

— Seigneur, Dieu éternel et tout-puissant, toi qui as créé de ton verbe le ciel, la terre et la mer, que ton nom soit glorifié et béni! que ta Majesté soit louée de ce qu'elle a daigné se servir de cet humble serviteur afin que ton nom sacré soit connu et prêché dans cette autre partie du monde!

Et les cris recommencèrent de nouveau,... et les bannières flottaient. — Saint-Jacques et l'Espagne! — Vivent les deux Rois nos Seigneurs! — Vive Don Christoval Colon, Amiral des terres de l'Inde et de la mer Océane!

Quand cette importante cérémonie fut achevée, Alonso Pinzon s'approcha de

Colomb d'un air assez arrogant, et il lui
dit : — Seigneur Amiral, je pense que
Rodrigo de Triana, mon matelot, a droit
à la récompense promise par Leurs Altesses, et je la réclame pour lui ; c'est
de la Pinta qu'est venu le joyeux cri de
Terre!

— Votre discours est étrange, Seigneur
Pinzon ; et qui a vu la terre le premier, si
ce n'est moi? A qui Dieu a-t-il voulu la
faire voir, si ce n'est à celui auquel il en
révéla l'existence quand les plus expéri-
mentés marins n'y songeaient même point?
Elle m'a trop coûté à trouver, la terre, Don
Alonzo Pinzon ; il a fallu subir trop d'angoisses avant de l'apercevoir, pour que je
cède aucuns de mes droits. Seigneur Rodri-
guez, qui a vu la lumière allumée sur les
côtes? ajouta-t-il avec une vive agitation,
et comme s'il eût cru qu'on voulait lui en-
lever une partie de cette g'oire qu'il avait
si justement acquise ; qui l'a vue percer la

nuit comme un signe que Dieu m'envoyait
dans les ténèbres?...

— L'Amiral, l'Amiral ! dirent plusieurs
voix.

— Vous vous êtes élevé en rang, et l'on
pouvait croire que vous vous élèveriez en
magnificence, dit le Capitaine d'un ton de
voix railleur et hautain.

— Monsieur le Capitaine, reprit Colomb
d'un ton ferme, mon droit avant tout, mon
droit acquis par mille fatigues et par mille
délais ; et je serais peu surpris, ajouta-t-il
en regardant d'un œil scrutateur celui à
qui il adressait la parole, je serais peu surpris quand on chercherait à m'en contester
d'autres ; je suis de ceux qui veulent tout
ce qui leur appartient. Don Alonzo, rappelez-vous que si un courrier n'était pas
venu me donner le titre d'Amiral à une
lieue de Grenade, cette terre ne serait
point découverte ; rappelez-vous aussi que
celui qui a abandonné tout ce qu'il possédait

ne doit pas craindre de demander ce qui lui revient. Nous nous réservons, en notre qualité d'Amiral, de recommander à la Reine Rodrigo de Triana.

— Rodrigo de Triana se recommandera de lui-même, Seigneur l'Amiral, ayant vu la terre quand vous n'avez vu qu'un feu incertain.

— Il n'y a pas de feux incertains parmi ceux que montre le Seigneur; une colonne de feu guidait son peuple dans le désert, et lui aussi il m'a guidé. Tout ce qu'il m'a donné, je l'accepte, et, bien mieux encore, je le veux sans partage. Et ces derniers mots, qui à eux seuls étaient l'histoire de la découverte, furent prononcés d'une voix si ferme que nul n'osa répliquer.

CHAPITRE IX.

Ils nous prenaient pour des Dieux !...

Colomb venait d'ordonner de nouvelles prières, lorsque le bruit du canon salua la terre :... la joyeuse bordée retentit dans les airs ; mille oiseaux de rivage s'élevèrent effrayés ; l'on entendit crier ceux des forêts. La côte n'était pas déserte : derrière ces arbres qui s'élevaient à quelques pas du rivage, des hommes contemplaient dans un profond silence les êtres mystérieux qui priaient sur le bord de l'Océan, et quand l'artillerie retentit de nouveau, ils tremblèrent d'une sainte terreur, en se jetant la face contre terre ; et une voix dit :

— Les Dieux appellent leurs enfans...

Une Indienne leva la tête, écarta les branches d'un jemrose, et elle reprit :

— Les Dieux sont revêtus des rayons du soleil ; leur tête brille comme le feu du ciel. Elle se prosterna encore et n'osa plus parler.

Un autre se hasarda à monter sur le tronc d'un caoban que la foudre avait renversé, mais dont les branches énormes cachaient encore le pauvre Indien, et il dit à voix basse :

— Les ailes du grand oiseau du ciel (1) s'étendent ;... il va prendre son vol sur la mer,... et les Dieux rester avec leurs en-fans... *Eura, eura Oueh!*... Il vomit du feu ; il parle comme le tonnerre !... Et en disant ces mots il se cachait le visage.

(1) De navire.

Un troisième coup de canon venait de retentir.

— Le père des Génies est vêtu de la couleur éclatante de l'ara des forêts... Oh! voyez leurs visages,... ils sont pâles comme celui de la lune!...

— Il y en a qui ont des cheveux d'or.

— O merveille!... le grand Zémès ôte la peau de ses mains qui brillaient comme les rayons des étoiles!...

Christophe Colomb venait d'ôter ses gantelets d'acier, et il assurait l'étendart en terre.

— Les Génies prient le Génie puissant; ils se trouvent trop mal sur notre terre; ils veulent retourner dans le séjour lumineux qui est à l'extrémité des grandes eaux.

— Les Génies mangent les fruits du guar-zuma : ce fruit sera désormais consacré.

— Les Génies parlent!... Oh! entendez les voix célestes!

En ce moment, les sons éclatans d'une fanfare se répandirent dans l'espace.

— Dieux! Dieux! les grands oiseaux approchent de la terre... Puissent-ils n'en pas dévorer les habitans!

—Les Dieux, les Dieux chantent! Puissent-ils être satisfaits!...

Colomb venait de rappeler à ses compagnons les merveilles racontées par Marco-Polo, et il leur faisait espérer que bientôt des villes revêtues d'or apparaîtraient à leurs yeux.

—*Eura! Eura!* les Dieux dansent!... Allons danser avec les Dieux!

Quelques matelots, ivres de joie, figuraient à l'écart une danse moresque.

— Les Dieux boivent du sang dans un vase d'air (1)!...

Ces derniers mots jetèrent pendant quelque temps la consternation dans la troupe timide des Indiens. Après un mo-

(1) Du vin dans un verre.

ment de silence, un vieux guerrier dit : —
Les Dieux boivent le sang des D.mons.

— Retirons-nous dans les rochers, dit
une voix tremblante. Voyez, voyez comme
leurs bras, armés d'un boutou (1), ren-
versent les arbres!

— Il y en a un qui tient sa tête à la
main!...

C'était Tovar qui venait de tirer son casque, et qui é.ait trop éloigné pour qu'on
pût distinguer les traits de son visage.

— Oui, oui, sa tête de feu, ajouta un
autre.

Le soleil scintillait sur l'acier.

— Il la remet... Tamanaré! tamanaré!
nos Buhitos l'avaient bien dit, les Dieux
sont puissans!

— Eh! voyez, ils se reposent :... le chemin du ciel est bien long!

— O hommes! dit une voix douce, mais
pleine d'enthousiasme, attendrez-vous que

(1) Hache indienne.

les Dieux viennent vers vous?... Peut-être
que quand le soleil qui les a apportés sur
le bord des eaux, et qui brille maintenant
au-déssus de nous, reparaîtra à l'extrémité
du Grand Lac, peut-être que les grands
oiseaux retourneront dans le ciel,... et
vous n'aurez point parlé aux Dieux!

Et à ces mots tous les hommes demeurèrent dans un religieux silence, comme
s'ils méditaient une action solennelle, et
une voix dit enfin :

—Allons, allons donc ; puisque les Dieux
sont venus, c'est qu'ils veulent voir leurs
enfans, et savoir s'ils sont bien dans cette
île : demandons-leur qu'il n'y ait plus de
longues pluies sur la terre. — Non plus
que de chaleur trop ardente! —Plus de
vent! — Et que la foudre ne déracine
plus nos arbres!

—Que les Caraïbes meurent, dit une
voix forte.

— Qu'ils me rendent mon tout petit

enfant, dit une mère qui en allaitait un autre, et qui le serrait avec une extrême terreur contre son sein. — Plus de moustiques, dit un gros sauvage qui s'était blotti entre deux touffes de guazuma. — Toujours des fleurs, ajouta une voix douce de jeune fille !—Taisez-vous, taisez-vous, dit un vieux prêtre couvert de plumes et tenant à la main un Maraca ; nous leur dirons, *Eura Oueh*, comme font les Caraïbes sur les montagnes, et ils nous accorderont toutes choses. Un autre Buhitis qui tremblait comme la feuille, lui dit à voix basse :— Prie-les afin que le grand oiseau ne parle plus, et dis-leur qu'il fait bien beau dans le ciel quand le soleil brille. Oh ! si ces Génies pouvaient y retourner !... En ce moment le roulement du tambour se fit entendre ; les sauvages regardèrent ce bruit lent et mesuré comme un murmure des Dieux. Les plus intrépides sortirent de la forêt en ajoutant rapi-

dement quelques cercles noirs à leur parure ; ils formèrent un demi-cercle, mar-
chèrent avec la cadence indienne, puis
s'arrêtèrent comme si la crainte les empê-
chait d'avancer. Et tandis que les Européens les regardaient avec surprise, ils
se prosternèrent, et dirent tous d'une
voix lente et mesurée : — Jocahima est un
grand Dieu, et sa mère est très puissante...
Et après ces mots ils demeurèrent immobiles, n'osant regarder les Dieux.

Une seule femme les avait accompa-
gnés, une seule : son regard était fier et
doux. Elle était presque nue ; mais il y
avait à la fois tant de grâce et tant de dignité dans sa démarche, que les matelots ne portèrent leurs regards sur elle
qu'avec une sorte de respect dont ils ne savaient trop se rendre compte. Des couleurs
habilement nuancées paraient seulement
ses épaules et ses bras ; un léger ornement d'or défigurait, selon nos idées, son

nez incliné légèrement ; mais les regards
s'habituaient bientôt à cette parure bizarre ;
ses long cheveux noirs étaient arrêtés au
front par un cercle d'or, et ils descen-
daient sur ses épaules, mais sans boucler :
on eût dit une chevelure d'ébène sortant
des eaux ; une légère pagne, tressée avec
le fil de l'agave, était attachée autour de
ses reins par une tresse de coton, et em-
pêchait une complète nudité. Peut-être
l'extrémité de ses jambes paraissait-elle
trop serrée par une forte ligature faite au-
dessus de ses jolis pieds ; mais tout le
reste aurait charmé même le plus grand
admirateur de ce que nous a légué le génie de la Grèce.

Cette jeune fille osa la première regarder les Dieux, parceque son âme était
pure comme son regard. Et s'avançant
vers Colomb, que sa haute taille et son
air de dignité rendait facile à reconnaître
pour le chef de ces êtres étrangers, elle

lui présenta des fleurs :... — Zémès, Zémès (1) Kalina Neramè, les hommes t'adorent... Et s'inclinant avec respect, elle attendait que la voix d'un Dieu lui répondît.

L'Amiral prit les fleurs, en respira le parfum, puis, en souriant avec bonté, il entoura le cou de la jeune Indienne d'un long chapelet à grains de cristal ; et se tournant vers les siens, il leur dit :

— Ils sont nus, vous le voyez ; mais ils sont vêtus d'innocence. Dieu nous a conduits vers eux pour qu'ils soient Chrétiens ; que la volonté du Seigneur soit accomplie, et que ces peuples soient sauvés. Ici, Don Gutierrez, s'élèvera un jour une chapelle où le Seigneur sera glorifié... En ce moment l'Amiral ordonna que des présens d'Europe fussent distribués, et les matelots se mêlant aux Indiens, la plus grande confiance régna bientôt en-

(1) Zémès, Cemis ou Zemi, signifiaient génie en langue haïtienne ; Tuiras désigne également une puissance céleste.

tre les insulaires et les étrangers ; les uns
imitant autant que cela est possible le
bruit du canon, peignaient leur terreur, et
paraissaient redouter qu'un bruit semblable se renouvelât ; . . . les autres regardaient avec inquiétude un grand gobelet
de cristal où étaient restées quelques gouttes
de vin ; d'autres touchaient les arquebuses
qui brillaient au soleil, et à leur tranquillité il était aisé de voir qu'ils igno-
raient l'usage de cet instrument de guerre ;
toutefois le plus grand nombre restait
immobile ; leurs yeux étonnés peignaient
autant de surprise que de respect ; on eût
dit qu'ils avaient cessé de penser, et c'était
d'un air tout à la fois stupide et craintif
qu'ils recevaient les présens qu'on venait
de leur distribuer ; mais la jeune Indienne
marchait au milieu des étrangers, les regardant avec respect, quoique ce fût sans
frayeur, leur adressant des mots qu'ils
ne pouvaient comprendre ; et conservant

toujours tant de candeur et de grâce,
qu'elle ne cessa pas un moment d'être
respectée, même par les regards.

Après avoir adressé la parole à ces
étrangers, qui tous lui avaient fait quelques présens, elle arriva enfin devant
Ismaël, que son riche vêtement faisait
aisément distinguer des Espagnols...
D'abord elle ne lui parla pas, et comme il
arrêtait sur elle ses regards pénétrans, elle
demeura toute confuse, baissa les yeux,
le regarda encore, puis s'éloigna tristement, et alla parler à ses compagnons,
à qui elle s'adressa d'un air fort animé,
en montrant le soleil qui était alors sur
son déclin; puis elle revint près de Kaïzar,
qui lui remit, en souriant, un petit miroir
de Venise, présent assez rare alors, et
que les chefs de l'expédition s'étaient réservé pour en faire des largesses. Et la
jeune fille, contemplant toujours l'étran-
ger, n'examinait pas son présent. Tout-

à-coup elle le porta à ses yeux, un cri de
surprise et d'admiration lui échappa; elle
le regarda encore, et s'écria à plusieurs
reprises : Nouna-Koali! Nouna-Koali! Et
aussitôt elle fut environnée de ses compagnons, dont la surprise se manifestait de
mille manières; ils s'appelaient par leurs
noms et s'interrogeaient sur cette merveille.

Tout-à-coup la jeune fille prit un air
grave; elle parla lentement, et sembla vou-
loir réprimer cette joie bruyante, comme
si les Dieux en étaient offensés, et tout
redevenant plus calme, les Indiens repri-
rent leur attitude silencieuse et morne,
recevant en silence ce que les Espagnols
leur distribuaient.

Nouna-Koali n'était pas indifférente au
présent qui lui avait été fait, mais elle
cherchait des regards Ismael, qui s'était
éloigné un moment; et comme ses yeux
se portaient aussi vers la glace, elle aperçut

le jeune Maure contemplant avec ravissement un colibri qui se jouait comme une fleur céleste parmi les fleurs.

La pauvre Indienne crut un moment que ce miroir devait éternellement refléter l'image des Dieux; elle le pressa sur son cœur, et sembla plongée dans l'extase en regardant le ciel; puis elle courut vers Kaïzar, s'arrêta pendant qu'il l'examinait, et finit par lui faire entendre, avec des gestes plein de grâce, que les colibris venaient du soleil; qu'elle voulait aller dans le ciel, et que la terre ne serait plus rien pour elle les Dieux n'y étant plus.

Et elle répétait alors avec une sorte de confusion : *Zémès aou ciponimé*, Génie, je t'aime. Puis en d'autres momens elle se regardait dans la glace de Venise, et montrait que son image devait s'envoler vers les cieux... Comme le Dieu souriait, mais ne semblait pas encore l'entendre,

elle s'approcha plus près de lui, lui
montra sa propre image, et pressa le miroir contre son cœur, en répétant des mots
fort doux qu'elle croyait ne devoir jamais
être compris.

Une autre image pouvait occuper Kaïzar,
et cependant il disait à voix basse : —
O Mahomet! cette jeune houri semble sortir
de ton paradis; elle brille d'azur et d'incar-
nat; ses yeux sont comme ceux de l'an-
telope; je ne puis l'entendre, mais je
crois la comprendre en son langage naïf.
Et comme l'Indienne répétait en ce moment
les mots qu'elle avait dits à plusieurs reprises, il les répéta à son tour... cherchant à
imiter les sons d'une voix américaine; mais
quand il eut prononcé, *Aou ciponime*, la
jeune fille, ivre de joie et fière de son
bonheur, s'écria: —Le Dieu a parlé! Et elle
se cacha le visage de ses mains, comme si
tant d'honneur ne devait pas lui être ac-
cordé.

—

CHAPITRE X.

Nouna - Koali.

Et maintenant je vous dirai quelle était cette jeune fille si belle entre les sauvages, si pure dans son amour naissant pour un Européen ; c'était Nouna-Koali, la sœur d'Anacoana la Fleur-d'Or, la fille de Cibucan le Chasseur. Reine comme sa sœur, bien-aimée d'Haïti, elle aurait pu épouser un Chef puissant. Bien des Chefs s'étaient présentés à elle avec leur amour et leurs richesses ; Guarionex lui-même, celui qu'on nommait le beau Cacique, lui avait demandé si elle voulait être la première entre ses femmes.

*Toutes les fois que de nouvelles instances lui étaient faites, elle ne répondait rien; elle allait vers sa sœur, et lui disait: — Dors en paix, Anacoana; chante parmi les fleurs. Je pars; j'aime l'air, les grandes eaux; je languis dans cette île. Je suis une fleur de la mer que doivent balancer les vents.

Quelquefois elle prenait des esclaves, et elle allait d'île en île visiter de nouveaux rivages, portant des présens aux jeunes filles des Lucayes, leur apprenant les chants que composait sa sœur, et en composant elle-même qui étaient aussi doux, mais qu'on répétait moins souvent parcequ'ils ne venaient pas d'une grande Reine. Elle en avait cependant fait un qu'on disait toujours à son arrivée:

Je ne suis pas une jeune fille comme toutes les jeunes filles du pays de Xaragua: c'est la danse des flots qui me plaît; c'est la liberté sur les eaux, et non pas un mari.

.2.   6.

J'aime le parfum des vagues mieux que l'odeur des prairies. Les poissons aux écailles d'or me réjouissent mieux que les Utias (1) qui bondissent dans les champs.

Je sais bien faire trois choses : garder mon cœur, conduire un canot, aimer mes jeunes compagnes. Je ne pleure jamais sur les flots ; je pleure bien souvent au milieu des palmiers qui entourent ma cabane.

Je ne suis pas une jeune fille comme toutes les jeunes filles du pays de Xaragua : c'est la danse des flots qui me plaît et non pas un mari. On m'appelle Nouna - Koali, la jeune fille lune : je veux toujours errer comme la lune sur l'eau.

Puis on l'accueillait avec une grande joie; on formait des danses pour lui plaire, et l'on répétait à l'envi devant elle les chants que sa sœur avait composés.

Or quand Komanbebe, frère de Caonabo le Caraïbe, voulut la faire demander pour être la première entre ses femmes, elle ne se présenta point devant sa sœur

(1) Petit quadrupède d'Haïti.

Anacoana, elle ne demanda point à ses esclaves de la suivre.

Elle mit sa couronne d'or (1), se para de
nouvelles peintures blanches et rouges, puis
s'élançant dans une pirogue, elle déploya
sa voile caraïbe, faite d'un tissu de coton,
et profita d'un vent favorable qui devait
la conduire en peu de temps vers ce nombreux archipel qu'elle visitait souvent.
Après une nuit de navigation, elle alla
aborder à cette île de Guanahani, qu'on
sait être maintenant l'île d'*el Gran-Turco*,
et qui n'est qu'à quinze lieues d'Haïti.

Elle débarqua sur le rivage de cette terre
heureuse par un beau clair de lune, au
moment où les jeunes filles formaient des
danses le long de la côte, au son du tam-
bourin et des flûtes.

— C'est Nouna-Koali! s'écrièrent-elles en
interrompant leurs danses, Nouna-Koali

_____
(1) Les filles de Caciques portaient toutes cet ornement.

toute pareille à la lune, dont elle porte le nom. Puis elles l'entourèrent en lui faisant mille caresses innocentes. Les hommes admiraient son audace à braver les flots, les matrones la blâmaient et la caressaient en même temps : toutes voulaient que leur belle cabane de feuillage fût sa demeure.

Le lendemain, Ismael Ben Kaïzar débarqua sur les rivages de l'île. On sait comment elle le prit pour un Génie des mers où du ciel : elle ne le quitta plus, ses chants furent oubliés ; ... elle rêva dès lors une patrie nouvelle, un amour céleste et immortel, des joies sans regrets ; des plaisirs sans fin ; et tout cela, elle le trouva dans un regard du Maure, qui était un Dieu pour elle. Vaincue par cet amour sans bornes, tout s'effaçait dans le passé, tout était beau dans l'avenir.

Quand elle avait long-temps contemplé Ismael, elle se prenait tout-à-coup à lui dire avec innocence: —Dieu! ô Dieu! pourquoi ne veux-tu pas me parler le langage des hommes?... Puis, si ses regards la quittaient, elle le suivait avec inquiétude, en lui disant : — Si tu ne veux me parler, écoute-moi du moins : surtout ne t'enfuis point vers le ciel,... ou sur les eaux... Si tu vas parmi les astres qui brillent comme toi, je m'endormirai sous le mancenilier, qui tue, pour te revoir encore!...

Le Dieu souriait à ces paroles pleines de douceur qu'il n'entendait pas, et ce sourire la calmait pour quelques instans. Elle se regardait dans son miroir de Venise, afin de voir si sa beauté était digne d'un Génie du ciel; puis elle allait cueillir des fleurs d'axis et des pommes de grenadille, et elle les présentait à Ismael en lui disant : —Ton regard me brûle comme l'axis, mon amour te sera doux comme ce fruit.

Innocent langage, commun à tous les

peuples de la terre, connu surtout des jeunes filles!

Ismael ne tarda pas à écouter ces paroles inconnues, mais douces et harmonieuses comme le chant des oiseaux. Il souriait d'abord des innocens présens de la jeune sauvage; mais il ne comprenait point ce que voulaient dire ses longs discours, son sourire, ses yeux humides de larmes. A force de lui voir indiquer tour à tour le ciel et lui, les navires et l'horizon, il vit qu'elle le prenait pour un Génie du ciel ou des eaux. La douceur de sa voix, ses regards, qui étaient à la fois tendres et supplians, tandis que ceux des autres Indiens ne montraient que de la terreur et du respect, lui firent sentir qu'il était aimé comme on peut aimer un être surnaturel qu'on craint et qu'on adore tout à la fois.

Et le jeune Maure fut ému de cet amour innocent sans en être subjugué. Au milieu de ces fleurs et de ces forêts, son imagi-

nation de poète rêva un instant toutes les
félicités du Paradis musulman; bientôt ses
souvenirs d'Europe se ranimèrent encore
devant un amour dont il était l'objet, et
qui lui rappela les brûlantes impressions
qu'il avait reçues à Gênes, alors qu'il avait
des espérances de gloire et de bonheur; et
toutefois il lui parut doux et triste d'être
aimé comme il avait aimé lui-même. Et
quand le signal fut donné pour rejoindre
le navire, ce fut avec une sorte de douleur
qu'il abandonna ces rivages qu'il ne devait
plus revoir, et où il laissait déjà des souvenirs.

Des pensées plus graves et plus fortes
occupaient Colomb. En voyant la fertilité
de la terre, les ornemens d'or des hommes
qui l'environnaient, il ne pouvait retenir
son enthousiasme. Il allait chantant des
psaumes sur le rivage, et ne cessait de
louer le Seigneur. Il voyait la ville sainte
conquise, et disait à Ismaël : — Bientôt,

Seigneur Maure, bientôt il vous faudra
rassembler les fleurs de votre éloquence
pour parler dignement à l'Empereur du
Cathay ou au prêtre Jean, de la part de
nos très dignes Souverains. Puis il ordonnait de nouvelles prières, et faisait rassembler à la hâte quelques productions de l'île
pour les faire transporter à bord de la
Santa-Maria, qui devait porter en Europe
tant de trésors inconnus.

Comme il donnait ses ordres, Jean d'A-
vallon s'approcha : — Seigneur Amiral,
lui dit-il, ce pays est un véritable Paradis;
mais vos gens pourraient bien en faire
une véritable demeure de Démons, tant la
vue de l'or les transporte. Ce fut ainsi que
nous fûmes accueillis dans cette belle île
de Lançarote où pas un habitant n'est
resté.

— Dieu y pourvoira; de la prudence,
Seigneur Français, répondit Colomb.

— D'ailleurs je suis curieux de ma nature et ces gens m'ont appris par gestes mille belles choses de contrées éloignées où sont des villes et des Rois puissans.

— Avec l'aide de Dieu nous les visiterons, répondit le Génois; toutes choses nous deviennent possibles maintenant, car nous sommes favorisés par le Seigneur.

Et il donna l'ordre du départ pour le lendemain. Ismael se sentit vivement ému de ce qu'il ne devait plus revoir la jeune étrangère; et il voulut lui faire un présent qui lui rappelât celui qu'elle avait aimé comme un Génie bienfaisant. Son écharpe était d'un tissu léger de soie où s'entremêlaient des broderies d'or et d'aljofar; il la détacha et entoura Nouna-Koali de cette nouvelle parure; puis, en lui disant un adieu qu'elle ne pouvait comprendre, il monta dans la chaloupe avec ses compagnons...

Et retenue par une sorte de crainte religieuse, Nouna n'osait le suivre; mais,

après avoir versé des larmes, elle se con-
sola en pensant qu'il descendrait le lendemain sur ces rivages, et qu'elle paraîtrait
à ses yeux belle de sa nouvelle parure.

Mais le lendemain, quand les premiers rayons du soleil commencèrent à
dorer la cime des palmiers, à réveiller le
rossignol américain et l'organiste qu'on
entend au point du jour, un coup de
canon retentit,... et les habitans du rivage virent les navires qui commençaient
à déployer leurs voiles, et à se balancer
sur les vagues. — Ils partent!.... ils
partent!... s'écria-t-on de toutes parts.
Malheur! malheur!... les Dieux quittent
Guanahani. Ces clameurs réveillèrent
Nouna-Koali, qui s'était endormie un
instant aux approches du jour, et que les
jeunes filles entouraient en silence, la
contemplant dans son repos.

Muette d'étonnement et de douleur,
elle joint des mains suppliantes : la prière

de son cœur, elle le croit, doit traverser
l'espace et retenir celui qu'elle invoque;
mais bientôt, voyant les voiles plus nombreuses s'enfler majestueusement, elle
court avec l'expression du désespoir vers
la mer; et tandis que ses compagnes sont
plongées dans une profonde surprise de
tout ce qu'elles voient, elle détache sa pirogue attachée à un tronc de manglier, et
s'efforce d'atteindre la Santa-Maria qui
porte Ismael.

Mais le navire fuyait, et sa barque faisait
bien moins de chemin que lui; bientôt elle
s'aperçut avec joie que les caravelles allaient vers les îles Bahama ; elle rama cou-
rageusement, agitant sans relâche ses
pagayes ovales et dirigeant adroitement sa
voile caraïbe.

Ce fut en vain :... ses efforts trahissaient
son amour!... Une fois elle approcha suffi-
samment pour distinguer Ismael qui semblait la regarder avec inquiétude. — Em-

mène - moi , ô Dieu ! emmène - moi !
s'écria-t-elle. Mais, pour dire ces paroles
d'angoisse, elle cessa de ramer; le vent devint plus fort, le navire mit ses bonnet-
tes dehors et marcha encore mieux;...
dans son trouble, dans son profond désespoir, Nouna-Koali ne put même voir
un geste d'adieu que lui adressait Ismael.

Elle contempla les voiles qui fuyaient à
l'horizon, aussi long-temps que ses yeux
purent les suivre; mais la nuit vint : elle
regarda avec douleur le firmament étoilé,
pour voir si les grandes pirogues aux
voiles blanches ne sillonneraient pas les
nuages comme ils sillonnaient les vagues
à l'horizon ;... elle ne vit que la lune,
qui faisait son voyage mystérieux au ciel,
argentant les nuées quand elle n'en était
point voilée, et formant de ses rayons
fugitifs des lacs d'argent qu'entouraient en
se brisant les vagues noires qu'elle n'éclairait point. Une fois elle crut distinguer

au ciel la voile que cherchaient ses regards ; ce n'était qu'une nuée blanche qui
passa lentement à l'horizon, et qui changea de forme avant de se dissiper...

Il lui vint encore à la pensée que
c'était peut-être sous les flots qu'il fallait
chercher les Dieux ; tout-à-coup elle se
jeta rapidement dans la mer en tâchant
d'atteindre sa profondeur ; mais les vagues
la ramenèrent à la surface de l'Océan, et,
repoussée par les flots, elle regagna sa
pirogue à la nage, et s'assit tristement en
s'abandonnant aux vents qui enflaient de
nouveau sa voile.

Puis, comme elle regardait les étoiles,
elle vit qu'elle s'éloignait de la terre, et
elle en fut d'abord joyeuse ; mais un moment après elle pensa que les Dieux, ayant
visité une petite île, iraient aussi visiter
Haïti la Fertile, où ils avaient leurs temples et leurs prêtres.

Et alors elle prit un nouvel espoir ; elle

examinait toujours les étoiles, et se dirigeait vers la grande terre, ramant sans repos quand le vent venait à faiblir, développant sa voile quand la brise s'élevait.

Et debout dans sa pirogue, elle chantait au bruit des vagues la louange des Dieux nouveaux. Son chant était grave et triste comme celui de toutes les Américaines, mais en même temps harmonieux et mesuré.

Les Dieux sont venus et puis les Dieux sont partis, et les filles des hommes pleurent :... oh! elles pleureront long-temps!

Parmi les Dieux il y en a trois puissans : l'un commande aux autres, c'est le Konomerou ou le fils du tonnerre; l'autre rit toujours et réjouit la terre, c'est Louco; l'autre charme tout ce qui le regarde, c'est un Dieu puissant et doux; mais l'on ne sait s'il est fils du ciel ou de la mer.

Voilà qu'il a donné à la fille de Cibucan une nagua (1) à fleurs d'or brodées par les Génies, et puis il l'a quittée, retournant dans les cieux ou dans les flots...

(1) Natte dont les femmes mariées faisaient leur vêtement : les jeunes filles ne portaient point la nagua.

Les Dieux sont venus et puis les Dieux sont partis, et les filles des hommes pleurent :.... oh! elles
pleureront long-temps!

Chantant ainsi cet areyto qu'elle venait de composer, elle arriva sur les côtes
d'Haïti; elle se reposa deux jours sur les
rivages déserts de Mayréni, se nourrissant
des fruits de l'abricotier américain (1)
qui croissent en abondance dans ces parages de l'île, où existait une ancienne
caverne consacrée aux Zémès, dont l'approche était trop redoutée pour qu'une
ville indienne s'élevât dans son voisinage.

Là Nouna-Koali invoqua quelque temps
les Dieux; mais dans son trouble elle confondait les Génies des Caraïbes et les
Dieux de ses pères : elle implorait leur
retour ou son premier repos.

Après avoir parlé trois fois aux Idoles

(1) Le mamey : c'est un des plus beaux arbres du pays,
il produit la nourriture des âmes heureuses.

abandonnées, qui ne lui répondirent que par le perpétuel gémissement qu'on entendait dans leurs cavernes, et qui venait d'une entrée mystérieuse où s'engouffraient les vents, elle monta de nouveau dans sa pirogue, et cotoyant toujours le rivage, elle arriva bientôt à la côte occidentale de l'île, dans un lieu assez désert, mais que sa sœur Anacoana se plaisait souvent à visiter,... Une petite rivière se perdait en cet endroit dans la mer, après avoir arrosé des campagnes délicieuses couvertes de guanabos aux fruits de crème (1), et de ce guiabara que les Espagnols ont nommé l'uvero, parcequ'il produit d'énormes grappes semblables à celles des raisins, mais d'une saveur moins douce et moins parfumée.

Quand elle fut en ce lieu, il lui vint dans la pensée d'aller au grand temple des

(1) C'est l'atte.

Zémès, situé dans le royaume de Marien,
où commandait Guacanagari, le jeune Cacique; elle s'imagina que là peut-être les
Oracles lui parleraient, et que les Dieux
se révèleraient du moins à elle par l'organe
des Buhitis, si jamais ils ne devaient re-
paraître.

Elle se trouvait alors sur les domaines
du Cacique le plus puissant de l'île, neveu
de sa mère, et qui l'avait toujours tendre-
ment aimée.

Elle s'avança donc avec confiance vers
le lieu où il avait établi sa capitale, om-
bragée de palmiers, d'acomas et de maho-
gon, et où s'élevait, sous des arbres en
fleurs, son palais de verdure.

Rien de plus pittoresque que ces bour-
gades qui n'ont pas laissé de ruines, et
que l'incendie pouvait consumer en quelques instans. Les maisons étaient d'élégans
édifices assez semblables à ces gracieuses
habitations qu'on a trouvées dans la mer

du Sud; elles offraient cependant une distribution plus commode, et l'architecture n'était pas uniformément la même.

Souvent une galerie dont le toit de feuillage était supporté par trois troncs d'arbres, formait une espèce de vestibule qui précédait la vaste salle où se trouvait rassemblée la famille, mollement balancée dans des harnacs tissus de coton. Les moins industrieux donnaient à leur habitation l'apparence d'une tente formant un triangle alongé, et tapissée de yaguas ou nattes de palmiers. Des jardins entouraient ces simples maisons ombragées d'arbres séculaires, chargés à la fois de fleurs et de fruits.

Les cavernes qui servaient de temples avaient été creusées par la nature dans l'intérieur des montagnes (1), et tandis qu'on y préparait de mystérieux oracles, la ville retentissait de ballades religieuses et de

(1) Il y avait également des temples dans les villes.

danses symboliques auxquelles assistaient souvent plusieurs milliers de personnes.

On était à peine arrivé à cette époque de l'année qui précédait les fêtes instituées par le grand roi Vagoniona, l'ancien législateur de l'île, auxquelles devaient assister tous les Chefs d'Haïti, et l'on s'y préparait.

Cette solennité, à laquelle les habitans attachaient la plus grande importance, n'était jamais célébrée par les Buhitis ou Prêtres-Devins, sans que la belle Anacoana, qu'on regardait comme la protégée des Dieux, vînt les célébrer. A cette époque, la Reine quittait pendant quelque temps les États de Caonabo, et se rendait en grande pompe dans le royaume de Marien, où était la plus vaste des cavernes consacrées aux Zémès (1).

(1) Il est probable que c'est celle qu'on appelle maintenant la Grotte à Mingret ; elle est immense, et l'on y voit encore des sculptures de Sauvages.

CHAPITRE XI.

Anacoana.

Anacoana, ou la Fleur-d'Or, était la plus belle des femmes d'Haïti. Sœur d'un Chef puissant, elle avait épousé un Cacique plus puissant encore. C'était elle qu'avait choisi Caonabo le Caraïbe, le Seigneur de la Maison-d'Or, le Souverain des monts de Cibao, et seule, parmi ceux qui parlaient à ce guerrier, elle osait lui donner des conseils.

La première fois que Caonabo l'avait vue, il l'avait comparée à une des filles de Jalouca, le protecteur des mers; et sans qu'il lui eût parlé depuis de ses charmes, elle était devenue à ses yeux une sorte de Divinité. Elle avait une taille élevée, sa démarche était imposante et grave; une douceur pénétrante brillait dans ses regards quand la fierté ne les animait point. Revêtue de sa longue robe blanche attachée au-dessous des seins, parée d'une couronne d'or, elle était presque toujours couchée sur un de ces beaux hamacs où brille toute l'industrie sauvage, où les fils écarlates s'entrelacent avec les fils bleus en formant mille dessins variés.

Suspendue ainsi à l'ombrage des palmiers et des jemroses, elle ordonnait aux jeunes filles d'exécuter la danse symbolique des Vierges; et tandis qu'elles cadençaient lentement leurs pas aux sons mesurés d'un tambour de forme bizarre, elle improvisait quelques uns de ces arietos célèbres qu'on répétait ensuite dans toute l'île, en disant avec enthousiasme: — C'est la Fleur-d'Or qui les a composés.

Et dans ces chants elle disait d'antiques prophéties; elle rappelait les charmes de la nature, la douceur de l'air et des eaux; puis ces légers enfans de l'air qui semblent nés d'un rayon du soleil.

L'arc-en-ciel se dessinait-il dans les cieux, c'était une divinité qu'il fallait adorer en lui sacrifiant de beaux pigeons au cou doré, dont elle ranime ses couleurs.

Mais ces croyances étaient les croyances des Caraïbes, des peuples d'où était sorti son mari; elle en connaissait de plus nobles encore et de plus touchantes, c'étaient celles de sa terre natale, où l'on adorait un Dieu puissant, appelé Jocahima, et une tendre mère de cette Divinité ayant toujours près d'elle des Génies qu'elle envoyait dans les airs pour protéger les hommes.

Or, quand Nouna-Koali débarqua sur les rivages du Marien, sa sœur était au milieu des sujets de Guacanagari le jeune

Cacique, qu'elle charmait et qu'elle in-
struisait à la fois par ses chants religieux.
Les Nitayos ou Seigneurs l'environnaient
de leurs hommages, et les Buhitis eux-mêmes s'inclinaient devant elle en la compa-
rant à Mamôna la bonne Déesse, parcequ'elle avait adouci l'esprit de Caonabo,
le chef Caraïbe, en mêlant les croyances
des peuples et en faisant respecter le culte
antique d'Haïti.

Nouna-Koali gravit rapidement la colline,
en pensant que Guacanagari et les Buhitis seraient peut-être informés de la venue
des Dieux ; et comme elle approchait de
cette ville de verdure, elle entendit le
bruit mesuré des tambours (1) et le chant
tout à la fois grave et triste des areytos.

Elle s'arrêta quelque temps, et elle re-
connut qu'on exécutait des danses religieuses en chantant des ballades sacrées

(1) Rien de plus singulier que ces tambours : on les entendait d'une lieue. *Voy.* les Notes.

composées par Anacoana elle-même; elle
hésita d'abord si elle se présenterait devant les Caciques, puis réfléchissant un
moment, et les chants harmonieux par-
venant toujours à son oreille : — Cette
fête, dit-elle , est en l'honneur des Dieux;
ils ont peut-être apparu à ce peuple : j'i-
rai les demander aux prêtres...

Et elle s'avança dans une immense vallée où était rassemblée la multitude tout
occupée des danses religieuses que formaient trois cents vierges parées d'ornemens d'or et de peintures éclatantes.

A l'extrémité et sur un tertre assez élevé
le Cacique était assis, il occupait un siége
taillé dans le bois rouge du caoban, auquel l'habile ouvrier avait donné la forme
d'un animal s'appuyant sur des pattes d'or
et recourbant sa large queue; sur d'autres
siéges ornés d'idoles étaient rangés plusieurs Caciques inférieurs, ainsi que leurs
femmes, vêtues de longues robes blanches

attachées au-dessous du sein, et retombant
jusqu'à terre. Anacoana était la première
parmi elles, et ses chants guidaient les
danses religieuses que conduisaient grave-
ment les prêtres, et qu'admiraient la multitude dans le recueillement.

A voir se briser mollement les cercles
inégaux des jeunes filles, peintes de vermillon et couronnées d'or, on eût dit
une prairie de fleurs que balançaient les
vents, les mêlant et les relevant tour à
tour; car telles sont les danses américaines, où un mouvement gracieux mais
uniforme du corps remplace ces bonds
légers et rapides, indices de la joie chez
les autres peuples.

Nouna - Koali s'avança vers les Caciques; mais les danses ne cessèrent point,
seulement les chants se renouvelèrent;
des voix douces et harmonieuses célébrè-
rent son arrivée en chantant une de ses
ballades, la ballade où il était dit:

2.   7.

" Nouna-Koali est la fille des Caciques ; c'est un flot léger parmi les flots, une fleur de la mer parmi les fleurs.

Puis les danses s'arrêtèrent un moment, et l'on commença le jeu de batey (1), jeu dans lequel les hommes aimaient à développer leur vigueur et leur agilité en présence des Caciques.

Ce fut seulement alors que les femmes se levèrent pour recevoir la jeune fille : — Oh ! d'où viens-tu donc, Nouna ? lui dit sa sœur d'un ton de reproche mêlé de douceur ; d'où viens - tu donc, que tu n'as pu assister à la fête qui précède la grande fête des Zémès où t'attendaient les Caciques et les jeunes filles.

—J'ai vu les Dieux, répondit d'une voix grave et solennelle la jeune fille ;... je les ai vus sortant des flots, parlant au ciel avec le tonnerre... Voilà ce qu'ils m'ont

(1) Espèce de jeu de paume.

donné.... Et elle montrait les présens
que lui avaient faits les Européens. — Et
ils sont retournés sur les flots, ajouta-
t-elle en laissant tomber sa tête sur son
sein.

Un cri de surprise sortit de l'assemblée
en entendant ces paroles étranges ; puis
des marques bruyantes d'admiration firent place à cet inquiet-étonnement, quand
l'on eut contemplé l'écharpe d'Ismael, le
beau miroir de Venise, le collier à grains
de verre bleu et rouge.

— Elle a vu les Dieux ! s'écria-t-on de
toutes parts ; elle a vu les Zémès !.... Les jeux
cessèrent, les Buhitis parlèrent mytérieu-
sement entre eux, un bourdonnement de
crainte et de joie sortit des groupes divers
que formait le peuple ; et cette assemblée
qui une heure auparavant écoutait dans un
réligieux silence le chant doux et mesuré
des jeunes filles, faisait entendre alors un
bruit d'abord sourd, puis éclatant et

prolongé, comme celui des flots qui crient sur la grève après avoir roulé en mugissant.

Pendant deux jours ce fut la même agitation ; on cessa les jeux qui avaient été commencés. Nouna était continuellement interrogée, et chaque fois ses récits redoublaient la surprise. Peu à peu la nouvelle qu'elle avait apportée s'altéra comme cela arrive toujours quand une grande nouvelle est livrée à la multitude.

Il y avait des matrones qui tenaient les plus étranges discours, et qui jetaient tour à tour la terreur et l'admiration dans l'assemblée. — Elle a vu les Dieux, disait-on, et ils sont hauts comme le rocher de Xamana. — Ils ont vingt bouches d'où sort le tonnerre. — Ils mangent des os et boivent du sang. — Ils sont venus pour châtier les hommes. — Nouna-Koali est chaste et belle entre toutes les femmes, et ils l'ont aimée ; mais leur voix de tonnerre peut renverser les arbres comme l'*urracan* (1). Lorsqu'ils parlent la terre tremble.

Et à la fin la joie qu'on avait d'abord montrée se changea si bien en terreur, que le vallon devint désert, que la plage fut abandonnée ; les immenses cavernes de Zémès recevant sans cesse une population plongée dans un saint effroi que rien ne pouvait dissiper.

En vain Nouna-Koali parlait-elle au peuple , ces hommes faibles s'inclinaient avec respect devant elle ; elle ne pouvait ramener le calme dans leur cœur ; Guacanagari lui-même était dans un morne abattement.

Nouna-Koali , exaltée par ses anciens souvenirs ; semblait participer alors à la céleste puissance des Dieux qu'elle

(1) C'est de ce mot *urracan* que nous vient le mot ouragan.

avait vus. Elle ne pouvait plus goûter le
sommeil, elle errait continuellement de
la plage à la ville, après avoir fixé long-
temps ses regards vers le ciel ; tout-à-coup
on la voyait fondre en larmes, se jeter
dans les bras de sa sœur et la presser sur
son cœur en poussant de longs soupirs ;
elle ne savait trouver de repos ni dans la
solitude ni au milieu de ses compagnes,
—Quand on a vu les Dieux, disait-elle,
on ne peut plus rester sur la terre... Puis
elle embrassait en pleurant sa sœur, qui
la couvrait de mille baisers.

— Je m'abandonnerai aux flots, dit-elle
le troisième jour.

— Nouna-Koali, lui répondit sa sœur,
je mourrai.

— Je resterai donc sur la terre !... re-
prit-elle douloureusement. Oh ! si je pou-
vais dormir et rêver !

Le troisième jour seulement elle dor-
mit. Anacoana cessa de pleurer ; puis, te-

nant sa tête sur ses genoux, elle la berça
de ses chants comme une mère berce son
nouveau-né qui ne peut dormir qu'au
bruit des baisers de sa mère.

— Dors, ma sœur, lui disait-elle en ses
chants ; dors, tu le chercherais en vain.
C'était peut-être Vagoniona, le Cacique
immortel, parcourant la terre pour retrouver son ami, et il aura trompé par un
doux regard Nouna, la fleur des mers.
Dors, Nouna, ne te réveille point. J'ai
vu l'ara orgueilleux descendre des nuages
et se jouer parmi les fleurs de la Savanne ;
il étalait l'azur de ses ailes et l'or de son
cou. La colombe le crut descendu des cieux
et l'aima ; mais l'ara retourna dans les
sombres forêts que l'on voit au sommet
des collines où les colombes ne vont pas.
Dors, Nouna.

— Non, ma sœur, non, je ne puis dormir. C'est l'agitation qu'il me faut comme
à une colombe qui a trop long-temps re-

gardé le soleil, et que le soleil a frappée
de ses rayons. Viens, viens avec moi dans
les campagnes. Ne trouves-tu pas que depuis que le Zémès a paru sur la terre, la
terre s'est embellie?... Ces fleurs sont plus
belles, plus douces sont leurs odeurs;...
les eaux sont bien fraîches et bien pures;
elles ne peuvent me rafraîchir, moi qui
étais si tranquille autrefois... Oh! si tu
l'avais vu sur les rivages de Guanahani,
commandant au tonnerre de gronder,
parlant fièrement aux autres Tuiras (1).
Anacoana, ils disent que celui qui parle
aux éclairs est un vieillard : lui, il est jeune;
son regard c'est l'éclair lui-même.

O ma sœur! dès qu'il a paru il faut
lui obéir; il faut l'adorer ou le craindre.
Eux, ils le redoutaient; moi, je l'adore;...
et cependant s'il a quitté la terre... où le
chercher?

(1) Génies inférieurs.

Et après avoir parlé ainsi elle retombait dans un morne silence en promenant ses regards de la mer aux montagnes.

———

CHAPITRE XII.

Le temple souterrain.

Nul ne pouvait douter que des êtres fort extraordinaires ne visitassent en ce moment les îles du voisinage. Des Indiens échappés des Lucayes et de Cuba annonçaient leur passage. Il fut décidé que l'on consulterait Jocahima, le Dieu du ciel, sur l'arrivée de ces Dieux qui visitaient la terre.

Les Caciques tributaires de Guacanagari se réunirent; les Buhitis préparèrent les temples souterrains qui ne servaient que dans ces occasions solennelles.

A quelque distance de la ville, et dans une gorge de montagnes, la nature avait creusé une immense caverne que ces peuples avaient ornée de sculptures hyérogliphiques; à l'entrée on voyait deux masses énormes auxquelles un ciseau grossier avait donné une forme fantastique et terrible, mais à laquelle cependant il eût été difficile de reconnaître une figure humaine.

Après avoir franchi ce vestibule imposant on entrait dans le temple, qu'éclairaient faiblement deux trous à peu près circulaires; ouvertures mystérieuses par lesquelles, selon la tradition, le soleil et la lune s'étaient échappés de la terre, en laissant le genre humain dans les ténèbres. Les murs étaient couverts de bas-reliefs symboliques représentant des lézards, des tortues, des grenouilles et d'autres figures fantastiques rappelant toutes une antique punition par laquelle les Dieux avaient châtié les hommes en leur donnant la forme de ces animaux.

Au fond de la caverne se trouvaient plusieurs idoles d'or et de pierre parmi lesquelles on distinguait celle du grand Gamaonocon, qui avait six têtes, et que l'Indien le plus intrépide ne pouvait, dit-on, regarder sans effroi.

Guacanagari se tenait à l'entrée de la caverne, comme s'il eût été l'introducteur de ses sujets devant la Divinité. Un grand tambour de bois sonore, qui n'était point recouvert de peau, mais qui avait plusieurs ouvertures dans ses larges flancs, était à côté du Cacique, et il en tirait un son éclatant et terrible chaque fois qu'un Indien entrait dans le temple.

Le coup retentissait sous la voûte et se prolongeait au loin dans des lieux qui n'étaient jamais visités, comme si l'on eût voulu apprendre à la terre qu'un de ses enfans rentrait dans son sein.

Mais à cette introduction imposante on voyait succéder la plus étrange cérémonie, et peut-être faudrait-il la taire si tout ce qu'il y a de bizarre dans les coutumes des peuples ne devait être rapporté.

Les hommes, parés de plumes et d'ornemens d'or, peints de vermillon et de noir, s'avançaient en chantant au bruit que faisaient des espèces de bracelets de coquillages qui entouraient leurs jambes et qui s'agitaient en mesure. Les femmes les suivaient, mais leurs corps n'étaient point couverts de peintures symboliques. Les jeunes filles étaient nues : les femmes mariées portaient une pagne blanche. Le Cacique frappait le tambour redoutable, et elles entonnaient lentement les areytos en l'honneur des idoles.

Elles disaient les malheurs du genre humain à son origine, les douleurs de Vagoniona et de son ami, qui chante éternellement son infortune. Puis, prenant de longs bâtons, chacun des assistans l'enfonçait dans sa bouche, et renouvelait la plus étrange épreuve qui ait jamais été faite. Il fallait montrer aux Dieux qu'il ne restait plus rien d'impur en ceux dont on allait entendre les prières.

Après cette cérémonie on les vit s'accroupir à terre, les jambes croisées à la mode orientale; puis, d'une voix tremblante et mélancolique, ils entonnèrent des cantiques religieux.

En ce moment d'autres femmes entrèrent, portant des corbeilles pleines de casabi (1) parsemé de fleurs odoriférantes. Elles se promenèrent autour de ceux qui chantaient, leur disant tout bas à l'oreille des oraisons mystérieuses qui forçaient les hommes à se lever pour répondre.

Après l'observation de ce rite, que les chroniqueurs rapportent sans l'expliquer,

_____

(1) Ou casavi, dont on a fait *cassave*, pain de manioc.

les chants divins cessèrent, et l'on entonna les louanges du Cacique avant de présenter à l'idole le pain qu'on devait lui offrir. Les Buhitis bénirent le casabi, le partagèrent entre tous les assistans, qui le reçurent avec respect et le conservèrent comme un objet sacré.

Ce fut alors que, dans un profond recueillement, on entendit une voix mystérieuse sortir du sanctuaire; elle rappela lentement les malheurs des hommes, et l'antique prophétie connue de tout le peuple, qui annonçait que des *maguacochios*, ou hommes vêtus, devaient paraître un jour sur ces rivages. Et la voix se tut, laissant tout le monde plongé dans la terreur et dans une profonde incertitude sur les êtres mystérieux qu'annonçaient les oracles.

Il est infiniment probable, du reste, que cette prophétie, dont les Européens parlèrent tant dans la suite, était moins an-

cienne que ne l'annonçaient les buhitis,
et qu'elle fut faite d'après quelques rap-
ports des Indiens fugitifs partis des Lucayes
ou de l'île de Cuba, où Christophe Colomb
prenait possession de toutes les terres qu'il
découvrait, jetant partout l'étonnement et
la terreur, quoique sa conduite pleine
d'humanité annonçât plutôt un être bienfaisant qu'un Génie cruel.

Néanmoins après que l'oracle fut rendu
et qu'on eut achevé d'accomplir les rits
consacrés, on rentra dans la ville des Palmiers; les areytos furent continués au milieu d'une sainte terreur.

Mais tandis que ce peuple s'abandonnait
à une crainte religieuse, Nouna-Koali était
toujours en proie à un sentiment qui s'est
renouvelé bien rarement sur la terre, qui
tenait de l'adoration qu'on a pour les Dieux,
et de cet amour passionné qui dévore cer-
taines âmes.

Quelquefois ses souvenirs étaient pleins

d'amertume; en d'autres instans ils étaient remplis de douceur: c'était quand elle pensait à la mort, qui finit l'existence de la terre, qui commence celle des cieux... Elle imaginait les félicités éternelles dans un amour sans fin;... puis cette âme ardente retombait tout-à-coup dans un affreux repos, parceque sa pensée avait erré trop loin, et qu'elle se trouvait encore sur la terre.

Le sommeil venait-il la calmer, elle avait des rêves comme nulle femme n'a pu en faire : c'était dans l'immensité des cieux qu'elle sentait s'évanouir ses douleurs et commencer sa véritable existence; elle se jouait parmi les astres comme elle jouait autrefois sur les flots, se reposant de ces danse célestes dans un repos divin, auprès d'un Dieu dont un seul regard renouvelait des siècles de bonheur.

Mais tous ces rêves d'une imagination naïve que font peut - être encore de

nos jours quelques jeunes filles de la mer
du Sud visitées par les Européens, ces
rêves avaient un réveil bien douloureux:
c'était un avenir sans espoir,... sans espoir
que la mort !

Avec de telles pensées on vit rapidement; l'existence est un feu qui brûle sans
repos. L'âme s'élance au-dessus de toutes
les impressions; le temps n'existe plus;
un jour peut s'écouler comme une heure;
et l'angoisse doit s'accroître à chaque
battement de cœur.... Au bout de cinq
jours Nouna-Koali fut sans sommeil, sans
rêves, sans bonheur imaginaire; une in-
tolérable anxiété la rongeait incessamment. Enfin elle résolut de s'abandonner à la mer pour toucher les Génies,
qui viendraient peut-être la recueillir sur
les flots.

Mais auparavant elle voulut aller sur
une montagne élevée pour se rapprocher
du ciel, pour parler un instant à celui

qu'elle adorait, et lui dire qu'elle allait le
chercher dans toute la nature, s'il ne voulait paraître sur la terre.

———

CHAPITRE XIII.

Le Sacrifice.

Une heure après cette grande résolution qui allait décider du sort de sa vie, Nouna-Koali dit à sa sœur : — Il faut que j'aille sur la roche sacrée, dans les montagnes ; là peut-être que les Dieux me parleront, ou les âmes... qui vont durant le jour au sommet des grands pitons. Anacoana voulut l'accompagner ; mais elle la supplia de la laisser aller seule, afin que les Zémès pussent se révéler encore à elle, s'ils en avaient la volonté.

La roche sacrée dont elle parlait était

située à quatre lieues du bord de la mer, au milieu de ces montagnes qui s'élèvent en amphithéâtre derrière le Cap - Français, et qui offrent de loin un coup d'œil si imposant. La tradition racontait que Vagoniona, le Roi immortel, cherchant incessamment son ami, que les Dieux avaient changé en rossignol, s'était reposé de ses longs et douloureux voyages sur une grande roche régulière couverte de mousses et de lianes en fleurs, comme un autel élevé par la nature dans ces solitudes : c'était un lieu de pèlerinage, mais peu fréquenté par les Indiens.

Après avoir été adresser ses prières à Gumazoa la grande Déesse, dans le temple de feuillage où était conservée sa statue, faite en bois d'acajou et ornée d'or pur et de guanin (1), Nouna-Kōali se mit en marche pour accomplir son sacrifice.

(1) Métal composé.

Un chemin assez difficile conduisait de la ville de Guacanagari au milieu des montagnes : rien ne l'arrêta ; seulement elle écoutait quelquefois le chant lointain d'un aldaban, qui, sous une roche obscure voilée des longs rameaux du caprier à fleurs blanches, chantait comme s'il eût été dans la nuit.

Cette simple merveille l'étonna : elle s'arrêta pour écouter les vagues modulations qui résonnaient si tristement ; elle chercha à en tirer quelques présages : — Pauvre oiseau, dit-elle, ton chant s'égare dans le jour ;... tu appelles ton ami vainement,... comme j'appelle mon Dieu...

Les cris de l'aigrette et du crabier couvrirent bientôt la voix du rossignol américain, et bientôt aussi elle n'entendit plus leurs sifflemens, qui ne se prolongent guère que sur le rivage. Des collines élevées lui cachaient déjà la mer, qui ne se montrait que par intervalle entre deux mamelons, comme une zone d'argent confondue avec le ciel.

Quand elle eut quitté les régions où croissent encore ces grenadilles aux belles fleurs nuancées de bleu, de rose et de violet, qui vont porter leurs pommes d'or sur les branches stériles dont elles sont environnées; quand la ketmie à feuilles de tilleul ne lui montra plus ses charmantes fleurs jaunes, qui croissent ordinairement sur le bord des eaux ; quand elle ne vit plus le cierge à grandes fleurs, qui semble porter sur sa tige droite un soleil pâle, elle commença à gravir la montagne avec difficulté ; ses regards plongeaient sur les dômes immobiles des acomas, au-dessus desquels s'élevaient de temps en temps de grands palmiers.

Quelquefois parmi les buissons et les roches elle apercevait la fleur écarlate du hamel, brillante comme un feu entre des rameaux verts.

Enfin elle aperçut, à un quart de lieue, la roche sacrée. De l'endroit où elle était parvenue, on voyait la mer dans toute son étendue ; le soleil était sur son déclin, et elle réfléchissait ses feux ; mais des nuages épais commençaient à s'amonceler au sommet des pitons ; l'air était lourd, les oiseaux ne chantaient pas, aucun murmure ne sortait des forêts qui entouraient de leur zone de verdure la base des montagnes ; et il semblait, à voir le calme de la mer, que les vagues venaient mourir sans bruit sur le rivage.

L'agitation de Nouna paraissait s'accroître à mesure que la nature tombait dans un repos triste ;... elle fit un dernier effort, s'élança jusqu'à un piton plus élevé, en saisissant quelques rameaux de hamel qui croissaient sur son sommet, et elle se trouva sur la roche carrée.

Mais quand elle fut à cette hauteur, les nuages orageux qui s'étaient amoncelés

à la base de la montagne lui cachèrent la
partie orientale de l'île; la mer se confondait au loin avec ces vapeurs sillonnées quelquefois par un éclair pâle. Au milieu des
lueurs mystérieuses du jour, sur cette hauteur, elle était tout isolée de la terre et,
selon ses croyances, environnée des âmes.

—Il est temps, s'écria-t-elle après avoir
jeté un coup d'œil d'effroi et de respect
autour d'elle, il est temps de lui parler!
peut-être du milieu de ces nuages dont il
m'entoure va-t-il me répondre. Et elle
continua d'une voix lente et mesurée: — Je
ne sais comment t'appeler; mais réponds-
moi, ô Zémès!... Mon offrande, ce sont mes
pleurs... Nulle voix ne se fit entendre, tout
était muet... et elle commença d'interroger
à haute voix ce Dieu sans pitié... — Je ne
sais comment te parler, ô Génie!... C'est
peut-être parceque Nouna-Koali, la fille
de Cibucan, ne te parle pas ainsi qu'elle le
doit, que tu ne veux rien dire.

2.   8.

— Es-tu Jocahima, le grand Dieu du
ciel, réponds?...

— Es-tu Vagoniona, le Dieu immortel
qui cherche éternellement son ami? oh!
réponds-moi...

— Es-tu l'un des messagers de Gumazoa, la grande Déesse?...

— Es-tu Louquo ou Jalouca, le Dieu
aux belles couleurs des Caraïbes?... Tu es
si beau! je le crois bien:... le ciel se pare
merveilleusement de ses regards après la
tempête... Oh! réponds-moi...

— Habites-tu l'île de Soraya ou les cieux?...

On n'entendait pas le moindre bruit
sur la montagne, hormis ce murmure
faible, lointain, qui monte en tous les
temps des lieux bas vers les lieux élevés.

— Je suis bien malheureuse!... J'aurais dû
dire à ma sœur la Fleur-d'Or de venir avec
moi, elle qui chante si gracieusement;...
le Dieu lui aurait répondu... En achevant
ces mots, elle appela encore trois fois

celui qui ne pouvait l'entendre; elle ré-
pandit trois fois des fleurs sur le rocher.

—Oh! voilà, tu es le Dieu sans nom,
adoré par mon cœur!... Il y eut un long
silence après ces paroles de la jeune fille...
Puis un coup de canon parti de la mer
retentit dans la montagne, et fut répété par
l'écho... Tout le corps de Nouna frémit...
Un mangfeni, l'aigle caraïbe, réveillé par
ce bruit, sortit en ce moment du creux
de son rocher en faisant grand bruit
de ses ailes, et, en planant au-dessus de
Nouna, il regardait d'un œil perçant l'éclair
qui sillonnait les nuages.

—J'ai entendu son tonnerre, dit-elle tout
éperdue,... et voilà le mangfeni, son messager... Oh! s'il voulait m'emporter à travers les airs... Il est revenu,... il est sorti
des grandes eaux... Parle-moi encore, ô
Zémès... Mangfeni, emporte-moi sur tes
fortes ailes. Mais l'aigle planait déjà au
loin. Un coup de canon retentit de nou-

veau dans la montagne. L'oiseau fit un angle dans les airs, et s'enfuit en criant à l'opposé du rivage.

Nouna-Koali resta un instant prosternée sur la roche; mais au troisième coup de canon elle s'écria en se relevant : — Il m'appelle!... Oui, il m'appelle, et j'irai le trouver!...

Alors elle descendit avec une incroyable agilité du sommet de la roche. Puis saisissant les rameaux des buissons qui s'entrelaçaient sur son passage, elle se laissait glisser le long des pentes les plus rapides.

Quand elle entrait dans une vallée, on la voyait bondir comme un jeune chevreuil sur les collines. Les cimes rocailleuses qui blessaient ses pieds ne pouvaient l'arrêter.

Elle allait quitter les grandes forêts qui entourent la base des montagnes, et elle courait avec une extrême rapidité dans le chemin étroit qui les traversait; en ce

moment l'air était agité et le vent de la
mer s'engouffrait sous ces grands arbres
qui mêlaient leurs branches et s'oppo-
saient à son passage. Nouna les écartait
avec l'adresse qu'ont les Indiens, tout-
à-coup une liane à fleurs bleues l'em-
barrassa de ses guirlandes mouvantes.

— Ah! s'écria-t-elle, les Tuiras de ces forêts veulent me parer pour que je sois
plus belle à ses yeux... Et sans retarder sa
course elle entoura son sein des fleurs
bleues de la liane.

Il était nuit quand elle entra dans la
plaine. Le ciel était toujours orageux, la
lune répandait sa triste lueur sans se montrer. La foudre commençait à gronder au
loin. — Voilà, dit-elle, le tonnerre de nos
Dieux; c'est bien différent du tonnerre
des Zémès étrangers... Eh bien! pour lui
je les braverai encore; je paraîtrai à ses
yeux au milieu de la tempête s'il le faut.
En disant ces mots elle marcha encore

avec plus de rapidité, et bientôt elle fut
sur les bords de l'Océan, où la Santa-Maria tirait de temps à autre un coup de
canon, pour appeler le navire de Pinzon
qui n'avait pas paru depuis plusieurs jours,
et en effet quelques momens après qu'elle
fut arrivée dans cette vaste plaine vaseuse
couverte de mangliers où depuis s'est
élevée la ville du Cap-Français, elle vit
deux navires qui s'avançaient majestueusement vers la baie de Caracol, envahie
alors complètement, comme elle l'est encore en partie, par ces mangliers qui tracent
leurs labyrinthes de verdure dans les eaux.

Tout était triste et solitaire : pas une
pirogue ne se montrait sur les flots, pas
un habitant ne parcourait les rivages. Les
navires avaient été aperçus de la ville de
Marien, le canon avait retenti jusque dans
les gorges des montagnes. Effrayés de ces
prodiges, Caciques, Nitayos, Buhitis,
tous s'étaient renfermés dans les temples

souterrains situés à cinq lieues de la côte.

Nouna seule ne craignait rien ; son courage c'était de l'amour.

Une nuit entière elle fut obligée de la passer dans l'attente, une nuit entière elle fut entre l'espoir et la douleur, car au milieu de l'obscurité elle ne distinguait que deux caravelles, une manquait; c'était celle d'Alonzo Pinzon, qui s'était séparée de l'escadre et qui voguait vers des terres différentes.

Vingt fois elle se sentit prête à se jeter à la mer pour joindre les navires, et vingt fois une crainte religieuse l'en empêcha. Enfin un sentiment plus fort l'entraînait, elle mesurait des regards le grand espace qu'il lui fallait franchir, en disant : — Si je ne puis l'atteindre, il sera doux de mourir ayant l'espoir de le revoir... Déjà elle était au milieu des flots, qui grondaient en se brisant au-dessus des mangliers, quand le soleil dora

de ses premiers rayons cette jeune fleur
de la mer qui allait peut-être mourir dans
les vagues. Mais des casques et des cuiras-
ses étincelèrent tout-à-coup au-dessus
des flots, c'était Kaïzar, accompagné de
quelques soldats, qui, par les ordres de
Colomb, venait reconnaître ces rivages.
L'œil perçant de Nouna - Koali le vit
bientôt;... ravie et comme plongée dans
l'extase, elle l'attendait au milieu des
eaux, les bras étendus, les yeux fixes,
immobile dans son amour; elle ressem-
blait à une de ces divinités de l'Inde qui
habitent l'Océan sur un nénuphar, et qui
ont leur trône sur les flots.

En ce moment le soleil se leva dans
toute sa magnificence : il éclaira bientôt
une scène d'innocence et d'amour que je
ne saurais peindre, et qui sans doute ne
s'est jamais renouvelée.

CHAPITRE XIV.

L'Hospitalité.

Tout le monde sait comment la jeune Indienne, ivre de joie, exaltée par le bonheur, conduisit les étrangers à la ville qu'ils demandaient, mais dont un grand nombre des habitans avaient disparu ; tout le monde sait comment encore Guacanagari , rassuré par les récits de Nouna , vint en grande pompe, environné de ses Nitayos, visiter les Génies débarqués sur ces rivages. On sait également sa surprise et sa terreur, son admiration pour les merveilles qui se passaient devant lui ; puis le naufrage d'un des navires, la douleur

2. 9

qu'il en eut, l'hospitalité qu'il offrit à Colomb, et sa joie de recevoir des hôtes divins.

Mais ce qu'on ignore, c'est jusqu'à
quel degré s'était élevé l'amour de la jeune
Cacique pour un Européen dont son cœur
avait fait un Dieu, ou pour mieux dire
l'être sans nom dans lequel son être se
confondait, une âme dévorant son âme.

Et lui se sentant aimé ainsi ne pouvait
cependant partager tout le bonheur de
l'Indienne; il souriait tristement à ses caresses innocentes : ce sentiment à la fois
si doux et si exalté l'effrayait pour celle
qui l'éprouvait, et que sa **tendre** naïveté
lui rendait déjà chère.

Être aimé par-dessus toutes les choses de
la terre et du ciel, c'était l'être au-delà de ce
que l'imagination la plus ardente aurait
pu désirer; il avait connu un amour bien
différent, un amour sans joie, sans espoir,
sans bonheur,... et il sentait déjà avec un

profond chagrin qu'il faudrait abandonner un jour celle qui avait remis sa destinée entre ses mains.

Je ne sais si Anacoana aurait désabusé sa
sœur de l'illusion qui l'environnait ; elle
n'était plus sur le bord de la mer. Dès
le jour où Nouna était partie pour les
montagnes, un ordre de Caonabo, le Seigneur de la Maison-d'Or, l'avait rappelée ;
sa fille Higuamota était mourante ; elle était
retournée vers les monts du Cibao, inquiète
comme une mère qui ne verra peut-être
plus son enfant, épouvantée comme une
Indienne qui s'attendait à voir d'effrayans
prodiges renouveler la face de la terre et
changer l'apparence des cieux.

Et Nouna ne quittait plus Ismael ; elle
lui demandait des paroles qu'elle n'entendait pas, et s'honorait d'un regard comme
d'une faveur céleste ; elle habitait la terre,
mais vivait presque dans les cieux. —
Vois, lui disait-elle, je parlerai bientôt

comme on parle parmi les Zémès : oh !
reste parmi nous, reste-s-y toujours !...

— Tu ne regretteras pas la splendeur
des cieux, tout est bien beau dans nos
campagnes ! Vois donc ces fleurs, ce sont
les étoiles de la terre ; ces petits oiseaux
bleus et dorés ne sont-ils pas plus aima-
bles que ces grands aigles qui poussent
leurs cris au milieu des nuages et des
montagnes, là-bas où vit Jocahima. Reste,
reste : la verdure de la terre est aussi réjouissante que l'azur du ciel.

Et Kaïzar souriait, car il comprenait
avec son cœur les sons de cette douce
voix, s'il ne pouvait en entendre encore
toutes les paroles.

Au bout de très peu de jours, et grâce
au zèle actif des Indiens, un bâtiment en
bois et en pierre, qu'on appela le fort de
la Natividad, s'éleva sur les rivages de la
baie de Caracol, dans une plaine qui n'of-
frait pas un coup d'œil agréable, il est

vrai, mais que son voisinage de la mer et
d'une ville indienne rendait précieux aux
Européens.

Colomb, par sa prodigieuse activité, par
sa volonté sans repos, par sa générosité en-
vers les Indiens, savait y maintenir la paix.
De toutes parts les Haïtiens accouraient au
palais des Zémès pour y faire des échanges,
et sans cesse on les interrogeait sur la si-
tuation de Cipango, où devait se trouver
cet or qu'ils apportaient, et ils parlaient
naïvement de Cibao, la terre des Rochers,
où l'or se recueillait en abondance. Ce nom
avait une sorte d'analogie avec celui de la
terre merveilleuse dont Marco-Polo, si
bien surnommé *Messer Milioni*, avait fait
les plus pompeuses descriptions (1). Co-

(1) Si ce n'est Tombouctou, aucun pays n'a reçu des
dénominations si diverses que Zipangu. On trouve dans
Marco-Polo, outre ce premier nom, Zipungu, Cipingu,
Cipungo et Simpangu; les Espagnols, comme on le voit
dans les lettres de Colomb, disaient Cipango, nom qui avait
une certaine ressemblance avec celui de Cibao.

lomb se croyait donc toujours en Asie, près de ces villes aux toits d'or fin qui devaient lui faire conquérir un jour le saint Sépulcre. Et il faut convenir que les nombreux ornemens portés par les femmes, le luxe de cette nature qu'il avait sous les yeux, et qui se rapportait si bien à ce que racontaient les voyageurs des terres de l'Inde, contribuaient à maintenir l'illusion.

Il régnait dans le palais de feuillage de Guacanagari une sauvage abondance qui émerveillait les Européens. Pour recevoir dignement les Dieux, on avait rassemblé de toutes parts ce que l'île produisait de plus exquis : là des gâteaux de cassave, blancs comme la neige, formaient des piles à côté des épis rôtis de maïs, que l'industrie indienne avait apprêtés de vingt manières différentes ; des poules pintades, des utias, de grands lézards nommés iguanas, qui sont un excellent gibier, mais que les

Espagnols regardaient avec dégoût, étaient présentés tour à tour dans des plats de pierre noire d'un travail précieux ; de belles écrevisses de rivière, des crabes d'une grosseur extrême, mille poissons excellens, les remplaçaient.

Au lieu de nos vins d'Europe, on servait dans des vases d'or et de serpentine une bière légère faite avec le maïs ou la farine de manioc. Les assaisonnemens ne manquaient pas à ce festin sauvage. Le suc véneux du yucca était préparé à cette époque avec un art tout particulier, qu'ignorèrent plus tard les descendans des Indiens. L'axis, ce piment aromatique qui n'a pas cessé d'être en usage, relevait de sa saveur piquante la plupart des mets offerts aux étrangers ; mais ce qu'ils ne pouvaient point se lasser d'admirer, c'était l'abondance des fruits que dominait avec sa couronne de verdure le yayamas doré, dont nous avons depuis altéré le

nom (1). Ici c'était la gouyave, la pomme-
cannelle, délicieuse par son goût et par son
parfum ; là l'énorme abricot américain,
dont les insulaires avaient fait la nourriture des âmes heureuses, comme la pomme
trompeuse du mancenilier était celle des
méchans ; la caïmite, douce comme son
nom ; la sapotille fondante, l'aoacat à la
chair couleur d'émeraude, dont nous avons
encore défiguré le nom indien (2). Le coco,
qui semble partout une merveille de la
Providence, parcequ'il désaltère l'homme
qu'il nourrit; la banane, cette manne qui
ne rassasie jamais ; le monbin doré, qui
rappela aux étrangers un fruit de leur
pays, et qu'ils préférèrent peut-être aux
autres fruits, quoiqu'il fût moins doux et
moins parfumé.

Ce fut sans doute à la suite de ce repas
que, pour la première fois, les Européens

(1) L'ananas.
(2) L'avocat.

respirèrent la vapeur enivrante du tabac qui leur causa d'abord une sorte d'horreur, mais dont ils adoptèrent l'usage avec une incroyable rapidité.

Après diverses entrevues avec les Caciques, la frayeur qu'avaient d'abord montrée les insulaires sembla entièrement passée; ils se mêlaient sans crainte aux étrangers, qu'ils appelaient *Maguacochios,* ou êtres vêtus.

Rien n'était plus pittoresque et plus curieux que le spectacle renouvelé chaque jour sur le rivage de la mer : des deux côtés on n'entendait que cris d'admiration, que murmures de surprise; on ne voyait que des échanges; les présens succédaient aux présens, les danses aux festins. Quelquefois une jeune Cacique livrait avec joie sa couronne d'or pour une clochette d'Europe; puis elle allait l'agitant aux oreilles de ses compagnes, en disant qu'elle était encore trop petite pour parler comme une jeune fille, qu'elle chantait comme un tout petit enfant venu du ciel.

Un autre donnait plusieurs livres de pépites d'or pour un fragment de vase, pour une lanière de cuir à laquelle il attachait la plus grande valeur, parcequ'elle venait des habitans de *Turey* (1). Souvent les présens des Indiens étaient plus magnifiques encore : ils apportaient de grands masques sculptés avec art, dont les yeux, les lèvres et la langue étaient d'or ; puis il leur arrivait aussi de tromper avec innocence les Européens, qui les trompaient eux-mêmes sans perfidie : ils leur donnaient des miroirs de guanin, métal mêlé d'or et de cuivre, contre de longs chapelets de verre coloré.

Et après ces échanges, il fallait songer à nourrir ces hommes de *Turey* qui apportaient des choses si merveilleuses aux In-

(1) Habitans du ciel.

diens. On amoncelait devant eux des tiges
de maïs encore vert, mais rôti avec soin;
des patates douces, des racines d'age semblable à l'aypi des Brésiliens, qu'on peut
manger sans préparation, quoique ce soit
une espèce de manioc.

Puis des Indiens allaient chercher dans
de petits réservoirs, au bord de la mer,
un poisson qu'ils appelaient le guaican,
et que les Espagnols appelèrent le reves,
à cause de sa forme bizarre.

Ils attachaient à une corde le pitte,
cet agile chasseur des eaux, et le jetant à la mer, il revenait bientôt chargé
d'une tortue qu'il tenait fortement par
ses suçoirs, et que rien ne pouvait lui faire
lâcher. Cette merveille, attestée par tous
les voyageurs (1), fut prise autrefois pour
un conte, tant il y a d'étranges vérités au
grand livre de la nature.

(1) **Voyez entre autres Humboldt,** *Essai politique sur*
l'île de Cuba.

D'autres Indiens, plus industrieux encore, se couvraient la tête d'une grande calebasse percée de mille trous ; et armés de ce casque léger, ils entraient dans les eaux paisibles d'une rivière ou d'un lac, en ne laissant voir au-dessus des flots qu'un disque mobile qui s'en allait parmi les herbes au gré du courant ; et les oiseaux qui avaient fui d'abord à leur aspect, revenaient tout-à-coup se jouer dans cette trompeuse solitude.

La calebasse mobile s'approchait, et ils nageaient sans défiance. Tout-à-coup une sarcelle déployait ses ailes, voulait jeter un cri, et disparaissait : une main perfide l'avait saisie sous l'eau. Les crabiers, les aigrettes, les canards, les poules d'eau allaient s'évanouissant ainsi sur une eau trompeuse au milieu de leurs compagnes, qui les appelaient le soir à grands cris, quand elles ne les voyaient point revenir sous leurs frais berceaux d'azalea.

Cette chasse étrange, en usage aussi dans la Chine, convenait à un peuple doux, amoureux du repos, ingénieux dans sa tranquillité, mais sans force dans l'abondance. La nature a ainsi créé quelques nations trop heureuses de ses bienfaits pour chercher à les augmenter.

Quelquefois les enfans se livraient, pour les étrangers, à une sorte de pipée qu'on aurait pu appeler la pêche dans les airs ; elle exigeait à la fois un grand silence et une merveilleuse adresse.

Muni d'un perroquet apprivoisé, le jeune chasseur montait à un des arbres les plus élevés de la forêt. Grimpé sur les branches voisines du sommet, il se couvrait la tête de feuillages, et plaçait sur ce nid de verdure le perroquet trompeur, qui, à un certain signal, poussait un cri de détresse que répétait l'écho de la forêt. De toutes parts on lui répondait, puis on voyait voltiger parmi les arbres ces oiseaux inquiets du sort d'un frère.

Les cris redoublaient-ils, leurs belles ailes vertes et rouges s'ouvraient de nouveau comme de grandes fleurs entre les feuilles, et ils venaient tout-à-coup à peu de distance de l'oiseau perfide, l'interroger sur sa détresse; alors l'enfant saisissait une baguette légère et flexible armée d'un nœud coulant à son extrémité; il la dirigeait avec mille précautions vers l'un des perroquets sauvages, qui se trouvait tout-à-coup saisi, arraché de la branche, jeté à une troupe silencieuse qui l'attendait au bas de l'arbre, et qui à son tour lui faisait pousser de longs cris sans se montrer.

En ce moment l'arbre se couvrait d'innombrables volées; la baguette mystérieuse allait toujours agissant au milieu de ces cris prolongés, et les victimes étaient souvent si nombreuses qu'on était contraint de s'arrêter.

Heureux le peuple qui ne connaissait pas de chasses plus sanglantes (1) ! heureux tant qu'il n'eut pas à se défendre ! Pour les Espagnols, ils dédaignaient ces jeux innocens encore plus que les merveilles de la nature.

De l'or, et puis encore de l'or! c'était le cri qu'ils répétaient. Ils en voyaient jusque dans les airs, quand le colibri scintillait aux rayons du soleil avant de se balancer en frémissant sur quelque fleur du rivage ; ils en voyaient jusque dans les ruisseaux qui roulent un talc brillant, car ils se croyaient toujours dans le voisinage des États de ce grand Kan, aux villes sans nombre ; et sous les frais bocages

(1) Il y a un siècle et demi que cette pipée était encore en usage chez les Caraïbes ; mais il est probable que ces peuples belliqueux, si habiles archers, l'avaient apprise des peuples d'Haïti, qui l'ont, dit-on, enseignée aux Espagnols : on voit encore ceux-ci s'emparer, par ce moyen, des beaux ramiers venus des Florides ou des terres du Yucatan.

d'Haïti, ils ne parlaient que de Cambalu, de Mangi et surtout de Cipango, de cette Cipango bâtie toute d'or, et dont on croyait sans cesse entendre répéter le nom.

Ismael, comme tous les Arabes, qui ont un langage si poétique pour peindre la nature, Ismael lui seul s'enivrait de ces merveilles qu'étalait la campagne, respirait le parfum des fleurs, ne se lassait pas d'admirer la variété des feuillages et des fruits, l'incroyable beauté des insectes et des oiseaux; et Nouna lui disait naïvement, dans un langage qu'il commençait à comprendre: — O Zémès! d'où vient que tu es surpris de la beauté de la terre, toi qui descends des cieux? Ces cheveux du soleil qui voltigent ne sont rien auprès des feux de l'air... Viens, je te ferai voir d'autres merveilles que nous a envoyées Jocahima... Vois-tu cette liane verte? c'est une source vivante... qui se couronne de fleurs. Et elle lui montrait la liane du voyageur, qui dans les temps de sécheresse donne toujours une eau abondante... Oh ! ne regarde pas ce mancenilier aux pommes roses ,... son ombre tue les Indiens... Tu es immortel , et cependant je ne voudrais pas te voir dormir sous son feuillage... Réjouis tes yeux plutôt... en contemplant ces beaux acomas et ces immenses mameys... dont nous réservons les fruits pour les âmes heureuses, mais qui nous embaument du parfum de leurs belles fleurs blanches. Si tu veux, ô Zémès ! je vais dire à mes jeunes compagnes de former un areyto sous ces grands arbres , et pour toi elles danseront la danse des dieux. Elles seront beaucoup, ajoutait - elle en comptant jusqu'à dix et en montrant à plusieurs reprises ses doigts,... après avoir essayé vainement de dire un nombre plus grand ; elles seront beaucoup , et toutes t'apporteront des fleurs que tu aimes mieux que l'or...

CHAPITRE XV.

Le Maure et l'Indienne.

Un jour Christophe Colomb avait dit : —
Il est temps de faire voir au Roi et à la Reine,
mes Seigneurs, que les rêves du Génois
n'étaient point les rêves d'un fou, comme
le prétendaient Fonseca et l'Archevêque de
Grenade; il est temps d'aller raconter au bon
Père Marchena ce qu'il a tant d'envie d'apprendre. Nous n'avons pu voir encore le
grand Kan, mais ce sera pour un prochain
voyage. — Diego de Arana, vous comman-
derez ce fort avec trente hommes. Justice
et sévérité pour eux, indulgence pour les
Indiens... Entonnez l'or et les épices pour

Leurs Altesses ; nous partirons sans le Seigneur Alonzo Pinzon , puisqu'il lui a plu de quitter notre compagnie.

— Et fort bien vous ferez , Seigneur Amiral , avait répondu Jean d'Avallon ; à vous dire vrai , tous ces visages cuivrés de païennes ne peuvent point m'inspirer le plus petit virelay. Je ne serai pas fâché de faire un tour en Europe , de revoir quelques faces rosées , et de boire une liqueur plus réjouissante que cette bière de maïs qu'ils nous servent en des vases d'or , mais qui n'en est pas meilleure pour cela. Et , par Notre - Dame ! après nous être réjoui la vue de ces beaux coteaux de Bourgogne ou de Malaga , où l'on fera vendange bientôt , nous reviendrons rendre une visite au Seigneur Guacanagari ou au grand Kan de Tartarie : ce m'est tout un.

Et les préparatifs du départ avaient été faits si rapidement , que les Indiens en étaient fort étonnés.

Colomb avait encore dit : — Quant au Seigneur Kaïzar, il agira selon sa volonté. Utile partout, il est de ceux que j'estime en tous lieux, bien qu'il lui manque à mes yeux une chose plus désirable que toutes celles qu'il possède... Le lendemain les préparatifs étaient terminés; mais le lendemain...

Nouna-Koali se promenait avec Ismael parmi les paletuviers qui croissent sur le rivage de la mer, et elle lui disait tout ce qu'éprouvait son âme naïve.

— Les pirogues vont retourner dans les cieux, tout là-bas,... tout là-bas,... au bout des grandes eaux ; mais toi, ne t'en va pas, car Nouna mourrait... Vois donc,... la terre aussi est bien belle... quand rayonne ton père, le beau soleil... Est-ce que ces fleurs ne sont pas aussi belles que les étoiles ?... Ces petits oiseaux bleus ont des voix fort joyeuses,... bien plus douces que celles des mangfeni noirs qui vont dans le ciel en criant... Et puis elle ajoutait en voyant un sourire sur les lèvres d'Ismael :

— Ils disent qu'il faut mourir pour aller dans la demeure des Génies : si tu veux, je mourrai, Zémès. Mais reste ici, je serais jalouse des Déesses ; elles t'aiment sans doute entre tous les Dieux... Et en achevant ces mots, elle l'entraînait dans la campagne, au milieu de cette sauvage abondance de fleurs et de fruits qui parait l'île. Au sein de cette pompe de la nature, elle cherchait, par mille preuves d'une tendresse naïve, à lui faire oublier la splendeur des cieux.

Jamais Ismael, avec sa vive imagination, n'avait pu rêver un tel amour. Aimé par-delà l'infini,... d'une passion qui mêlait son ardeur à la pureté du ciel,... c'était beaucoup pour son cœur,... ce n'était pas encore assez pour éteindre tous ses souvenirs... Vingt fois il eut la pensée de retourner en Europe ;... un regard de la

jeune Indienne le retenait ;... là-bas nul espoir, ici tendresse sans bornes. Un Chrétien serait retourné en Europe,... Ismael
rêva le paradis du Prophète.

Comme il regardait encore le pavillon
des navires qui flottait dans le lointain et
qui indiquait le départ, Nouna s'écria,
et cette fois il put bien la comprendre :

— Écoute, Zémès, écoute-moi bien. Je
me jetterai de ce rocher dans les airs, et
mon âme fuira sur les eaux... Et en parlant ainsi, ses yeux noirs s'étaient animés
d'une expression qu'ils n'avaient jamais
eue.

Ismael lui promit de rester, car il venait
de lire dans ses regards cette aveugle passion qui donne la mort.

Et elle l'emmena bien loin dans les
champs de Marien, en le suppliant de ne
plus regarder la mer.

En ce moment le canon de la Santa-
Maria saluait le fort, et le fort lui répon-

dait;... puis il y eut un coup de canon de rappel... Ismael suivit sa jeune compagne qui l'entraînait dans la forêt.

Le soleil avait cessé d'éclairer les campagnes d'Haïti; une lumière plus calme révélait de nouveaux charmes dans la nature. Les oiseaux avaient fini de chanter, mais les fleurs répandaient encore leurs parfums. A la lueur mystérieuse de la lune se mêlait l'éclat incertain des mouches luisantes qui scintillaient un moment dans l'espace et venaient renouveler sur la terre le spectacle offert par les cieux.

Tout était paisible; tout, jusqu'au bonheur que goûtait Nouna. Elle ne sentait alors de l'amour que sa tranquille ivresse; elle aimait un être qui avait, à ses yeux, autant de puissance sur la nature que sur son cœur.

— Oui, lui disait-elle en errant avec lui dans une fraîche vallée, oui, tu peux tout, je le sais,... et, si tu le commandais,

le soleil brillerait de ses feux,... comme
la foudre gronde à tes ordres; mais, je
t'en supplie, prolonge cette nuit, que
tout repose pendant que je veille pour t'a-
dorer... Les oiseaux des champs ne célè-
brent leurs amours qu'au retour du jour,
moi je veux dire le mien à tous les instans
de ma vie... C'est ainsi qu'elle répondait
aux regards inquiets d'Ismael.

— Tu es immortel, ajoutait la jeune
fille dans sa simplicité; moi je dois mourir. Eh bien ! mon amour pour toi me fera
survivre à la mort.

En d'autres momens, si Kaïzar hési-
tait à répondre à ses naïves paroles dans
un langage qui lui était encore peu connu,
elle lui disait : — Sans doute tu ne veux
pas me comprendre, mes discours sont indi-
gnes de toi; mais regarde dans mon cœur,
tu verras tout ce que j'éprouve mieux
que je ne puis le dire... Vois-tu, lui disait
elle encore en mettant sa main sur son

cœur; jamais il n'a battu ainsi; jamais, pas même le jour où je te contemplai pour la première fois.

———

CHAPITRE XVI.

14 Février 1493.

Et nous voilà au milieu de l'Océan. Il fait bien sombre, mais il n'est pas nuit, car tout à l'heure le disque du soleil, voilé maintenant par des nuages épais, se montrait dans l'espace et jetait une lueur rapide et funèbre sur les vagues... Mais des nuages noirs ont repoussé sa lumière vers le ciel pur, où ne peut s'étendre une sinistre vapeur.

Et tout est sombre à l'horizon, tout est sombre sur les eaux, hormis l'écume blanche qui frémit sur les grandes vagues, hormis le sillon éclatant qui précède le tonnerre. Oui, tout est sombre et tout mugit : la foudre dans le ciel;... sur la mer, la vague qui roule, se choque, roule et se brise encore ;... dans l'air, le vent qui pousse la nuée avec fureur et qui crie sur les flots qu'il vient de soulever;... et tout à l'heure il fera plus noir.

Deux faibles navires sans voiles, rien qu'avec la voile de miséricorde, viennent de sortir d'un gouffre effroyable, et maintenant lancés sur le sommet d'une vague, le vent s'en joue comme de l'écume qu'il disperse dans l'air. Le plus grand a son mât fracassé, on y chante des psaumes, on y glorifie Dieu au milieu de la tempête, et la tempête répond par ses cris impitoyables.

— Job, Job, tu louas le Seigneur au milieu des orages, et le Seigneur eut pitié de toi! Job, Job, ton Dieu est mon Dieu! *Miserere nobis.* Et Colomb parlait ainsi quand le tonnerre, qui venait de rugir, s'éteignit près de lui en sifflant dans les eaux.

Et la grande vergue était rompue, et les matelots appelaient saint Jacques, sauveur de l'Espagne, saint Nicolas, protecteur des mariniers... Un pauvre Indien qui ne vivait plus que pour souffrir, avait dit d'une voix faible : — Zémès !... Il venait de mourir, rendant son âme à des vents lointains.

En ce moment on voyait à peine le navire d'Alonzo Pinzon, qu'on avait retrouvé.

— Un vœu, un vœu, un second vœu ! s'écrient les voix, et ces hommes se rassemblent près du grand mât; et quand l'éclair sillonne le nuage, l'éclair révèle rapidement les transes auxquelles ils sont en proie; leurs yeux hardis se baissent, leurs lèvres pâles tremblent : —Un vœu... un vœu ! voilà le mot qui sort de toutes les bouches. Jean d'Avallon lui-même le répète, il vient de penser à son vieux père et à son or.

—Oui, un vœu, pécheurs ;... que Dieu choisisse son serviteur comme il a choisi l'Amiral ce matin ! s'écrie Barrual. Et par les ordres de Colomb, des pois garvanzos sont jetés dans un casque, un seul est marqué de la Croix Sainte, c'est celui qui désignera le pèlerin.

— A quelle chapelle le pèlerinage ?

— A Sainte-Claire, dit l'Amiral. Et le tonnerre qui roule avec fracas, les vagues qui mugissent, accompagnent les cris de *Viva Nuestra Senora !* que répète tout l'équipage ?

— Qui commence ? dit d'une voix tremblante un pilote.

— Les enfans, les enfans, reprend Colomb d'une voix grave qui exprimait plutôt la résignation que la crainte ; que leur innocence nous protège, et que Dieu ait pitié d'eux et de nous !...

— Les vieux soldats vous approuvent, bien que les rangs soient méconnus, ajoute

Tovar d'un ton où perçait encore l'orgueil castillan ; ici l'innocence vaut mieux que glorieux renom. Et il se pressa de répéter *Ave*. Un coup de tonnerre plus terrible que les autres acheva de remplir son cœur d'humilité.

— A toi donc, Juanito, à toi, Francesco ; dites votre *Credo*, et tirez !... Les deux mousses s'approchèrent du casque que tenait Jean d'Avallon, et ils y mirent d'un air assuré la main ; ils n'étaient pas désignés.

— A vous, Barrual, à vous, mon vieux brâve, dit Colomb au timonier, dont les cheveux avaient depuis long-temps blanchi ; que la sainte vieillesse après l'enfance nous protège. Et le vieux matelot tira en se signant...

— A vous, Tovar, votre gloire est antique et sans tache ; à vous... Et le fier Espagnol mit la main dans le casque. Un mouvement d'orgueil colora un moment

son visage,... mais le Ciel ne le désignait
pas.

— A vous, Seigneur Jean d'Avallon !
Venant de la France, vous êtes des plus
vieux Chrétiens ;... vos chants réjouissent
et ne blessent jamais ;... votre épée est forte
dans le danger, et votre cœur est bon...
Tirez, tirez ; que Dieu vous assiste, ainsi
que nous... Et le Français mit la main au
casque, et nul en ce moment ne fut tenté
de sourire, comme on faisait quand il
paraissait quelque part. Son regard était
calme et noble, il dit :— Que Dieu protège
mon père, et soit bénite la Sainte Trinité.
Le sort ne le désigna pas encore. Et toutes
les voix s'élevèrent répétant : —Que l'A-
miral tire, que l'Amiral protége ses enfans...

— L'amour de la gloire enfante la faute,
dit Colomb, et il refusa encore. Et les mains
tremblantes des voyageurs passaient dans
le casque, la croix ne paraissait pas, et,
voyant que quelques aventuriers dont la

vie avait été hideusement employée restaient seuls, Colomb tira, et il fut l'élu.

Et les voix crièrent : — Vive l'Amiral,...
comme au jour où il avait découvert le
Nouveau Monde ; et lui, plein d'un nouveau zèle, il disait : — « Le Saint-Esprit em-
» brasa saint Pierre et les autres avec
» lui, et tous combattirent ici bas ; leurs
» travaux furent nombreux, et ils éprou-
» vèrent de grandes fatigues, mais ils rem-
» portèrent enfin la victoire. »

Et alors ils coururent tous aux manœuvres ; mais la tempête redoubla ; cependant ils étaient confians.

Et, après cette scène à la fois imposante
et terrible, les matelots se sentirent plus
calmes ; il semblait que Dieu, en choisis-
sant deux fois l'Amiral pour accomplir un
vœu, leur eût donné l'assurance du retour.

Et cependant la mer allait toujours
roulant ses flots en furie, le vent continuait à crier dans les cordages comme

une hyène invisible crie entre les branches mortes des forêts désolées; et tous les hommes de l'équipage se rassemblaient autour de l'Amiral, se croyant ainsi mieux protégés par sa grande âme.

Tandis qu'il était comme une seconde Providence pour ces hommes, une pensée terrible, redoutable comme celle du néant, agitait néanmoins ce cœur si fort dans le péril. Colomb jeta un regard sur la mer, un regard sur les eaux, un autre regard encore sur son frêle bâtiment,... et il se dit à lui-même : — Nous pouvons périr; que l'ouvrage du Seigneur ne périsse point! je livrerai aux flots le récit de ma découverte; Dieu l'emportera sur les vagues ou l'engloutira dans l'abîme, sa volonté sera faite... Et alors ce Patriarche des mers s'humilia comme Job par la prière, se préparant à dire au monde son grand secret, comme à l'heure des dernières angoisses un mourant cherche à instruire encore ceux qui doivent passer après lui.

Et comme la tourmente allait toujours
croissant : — Eh bien ! dit-il encore, mon
courrier sera la vague terrible qui roule
incessamment sur l'immensité des mers ;...
que Dieu la guide !

Et en disant ces mots, conduit par une
faible lumière, il descendit dans la cabine,
où il écrivit à la hâte la relation de ce voyage
qui allait changer la face de l'univers ;
c'était à l'univers qu'il s'adressait... Il parlait, au milieu des mers, à tous les hommes,
en demandant que quiconque trouverait
ces lettres les portât aux deux Rois : il les
entoura d'une toile cirée, les mit secrètement dans une barrique vide, et ordonna
aux matelots de la jeter aux flots. Et ils
crurent que c'était encore un vœu accom-
pli par l'Amiral; ne pensant point qu'il y a
des vœux de gloire comme il y a des
vœux de religion.

Tandis que les vagues emportaient

ce mystérieux message, Colomb était remonté sur le pont. On ne se voyait plus ; mais au-dessus du mugissement des vagues furieuses, au milieu des cris lamentables des oiseaux de mer, on entendait Colomb chantant d'une voix solennelle :

— *La voix de l'Éternel est sur les eaux, le Dieu fort de la gloire fait tonner, l'Éternel est sur les grandes eaux...*

Et un vieux pilote répondait :

— *La voix de l'Éternel est forte, la voix de l'Éternel est magnifique, la voix de l'Éternel jette des éclats de flamme, de feu...* Et le mugissement de la tempête couvrait leurs voix, et le tonnerre roulait avec un bruit effroyable dans l'espace.

FIN DU TOME DEUXIÈME.

COLLECTION
de Romans Irlandais,
PAR M. BANIM.

TRADUITS DE L'ANGLAIS

PAR M. A. J. B. DEFAUCONPRET.

Titres des Ouvrages
Qui composent les six premières Livraisons
DE LA COLLECTION DES ROMANS IRLANDAIS.

Ire *Livraison.* CROHOORE NA BILHOGE, *ou* les White-Boys. 3 vol.

IIe *Livraison.* LA BATAILLE DE LA BOYNE, *ou* Jacques II en Irlande. 5 vol.

IIIe *Livraison.* L'ANGLO-IRLANDAIS DU XIXe SIÈCLE. 4 vol.

IVe *Livraison.* L'APOSTAT, *ou* la Famille Nowlan. 4 vol.

Ve *Livraison.* l'ADHRE NA MOULH, *ou* le Mendiant des Ruines, et JOHN DOE, *ou* le Chef des Rebelles. 4 vol.

VIe *Livraison.* LES RÉFUGIÉS. 5 vol.

N. B. Nous indiquerons ultérieurement les titres des Romans qui entreront dans les Livraisons VIIe et suivantes.

Il paraît une Livraison chaque mois : elle renferme un ou plusieurs ouvrages complets, et se vend séparément.

.